Alex W. du PREL

Tahiti,
verrücktes Paradies

Alex W. du PREL

TAHITI, VERRUCKTES PARADIES

Deutsch von Thomas Dobberkau
und Birgit Schreyer-Duarte

Les Editions de Tahiti
Moorea, Tahiti, Süd Pazifik

Umschlag: Gemälde von Philippe DUBOIS
Kunstmaler auf der Insel Moorea

Neue deutsche Edition mit 2 neuen Geschichten.
©2011 Alex W. du PREL / Les Editions de Tahiti.
Originaltitel: Le paradis en folie. – Crazy Tahiti Para-
dise.
Erste Deutsche Edition: "Verrücktes Paradies", 1994
Tanner Verlag, Zürich.

ISBN 978-2-907776-45-5

In Erinnerung an **Marc Liblín**,
ein außergewöhnlicher Mann und treuer Freund,
der für sein Exil die Insel Rapa wählte,
eine der letzten authentischen
Polynesischen Gemeinde.

Herzlichen Dank an Claudia Gacek,
Berliner Tahiti Spezialistin,
und Dr Hans-Günther Clev
für die Korrekturen.

Inhalt

Das Moorea Syndrom

DIE große Entfernung zu den Inseln Polynesiens, die hohen Kosten einer Flugreise in die Südsee oder auch die jahrelangen Vorbereitungen, die für eine Überquerung des Pazifiks mit dem Segelboot nun einmal nötig sind, machen unsere Inseln zu einem schwer zugänglichen Reiseziel.

Dieser Umstand sorgt anderseits auch für eine strenge Auslese unter jenen, die den weiten Weg zu uns auch wirklich schaffen. Ebenso rigoros wird auch die Zahl derjenigen begrenzt, die der Idee verfallen "auszusteigen" und unter tahitianischen Kokospalmen ein neues Leben zu beginnen. Die wenigen Europäer, die schließlich in den Minigesellschaften unserer Atolle oder auf einer weit entfernten Insel Wurzeln schlagen, müssen daher außergewöhnliche Menschen sein und starke Persönlichkeiten dazu.

Zu diesem Personenkreis gehört ganz sicher nicht der nach Tahiti versetzte Beamte, der jeden Monat sein festes Gehalt bezieht, der sozial abgesichert ist und weiß, dass sein Aufenthalt nur von begrenzter Dauer sein wird. Ebenso wenig der Geschäftsmann, der sich in Papeete - dieser schlechten

7

Kopie einer französischen Provinzhauptstadt, niederlässt und sich hier die Art von städtischer und geordneter Existenz zu schaffen versucht, die ihm einträgliche Pfründe sichern soll.

Die wirklich interessanten Persönlichkeiten findet man vor allem auf den Inseln. Für die meisten von ihnen ist selbst Papeete noch eine Brutstätte all jener zivilisatorischen Übel, den sie zu entfliehen hoffen. Doch damit sage ich nichts Neues. Hatte nicht Paul Gauguin vor hundert Jahren schon die Selbstgefälligkeit der Beamten und die verderbliche Macht des Geldes auf unseren Inseln gegeißelt?

Auf meinen Reisen zu den fernen Inselgruppen begegne ich fast jedes Mal einem jener bemerkenswerten Zeitgenossen, mal auf der Brücke eines Schoners, der zwischen den Inseln verkehrt, mal auf einer von der Sonne überfluteten Anlegestelle, wo der Mann gerade seine Waren in Empfang nimmt. Ebenso häufig trifft man diese Außenseiter in einem tiefen Tal, an einer Wegbiegung oder gar als Leiter eines jener kleinen Hotels, die in der Bucht einer fernen Insel ihr verborgenes Dasein führen.

Gewiss, solche Menschen sollte man niemals nach ihrem finanziellen Erfolg beurteilen. Einigen von ihnen - und glauben Sie mir, sie sind die absolute Ausnahme - schaffen sich eine Grundlage, die es ihnen erlaubt, in einem gewissen Wohlstand zu leben. Aber die meisten müssen sehr bald die Kunst des Überlebens erlernen, die Kunst, sich durchs Leben zu schlagen und von jedem Tag nur das Allernötigste zu erwarten.

Die Schwachen und die Unentschlossenen reisen bald wieder ab. Die Starken, die Hartnäckigen, die Träumer und Dickköpfe bleiben.

Das Geheimnis dieser außergewöhnlichen Menschen ist ihre Fähigkeit, den eigenen Stolz hinunterzuwürgen, die Zuversicht nicht zu verlieren und nicht in Trübsinn zu verfallen. Und vor allem dies: niemals zu verbittern! Denn wer hier - wie auch anderswo - die Bitterkeit in sein Herz lässt, kann ebenso gut gleich Schluss machen.

Menschliche Unvollkommenheit, Ungerechtigkeit, die Machenschaften der Bessergestellten, die Intrigen der Politiker und die Schlampereien der Beamten, das alles tritt auf unseren Inseln weit deutlicher zutage als anderswo, weil hier alles viel überschaubarer ist und rascher ans Licht kommt. Das heißt aber keineswegs, dass unsere Gesellschaft unvollkommener wäre als jede andere. Sie ist nur etwas transparenter.

So ist es wohl das Beste, man findet sich mit den Gegebenheiten ab, gewöhnt sich daran und lernt vor allem, den Dingen eine komische Seite abzugewinnen und über die zur Schau gestellte Borniertheit der Leute und deren Eitelkeitsausbrüche nur noch zu lachen. Auf diese Weise wird man sich jene Toleranz zu eigen machen, die für die Polynesier so charakteristisch ist, die das Leben auf unseren Inseln so angenehm macht und so zivilisiert erscheinen lässt. Dann lernt man sehr schnell, anderen Menschen zu verzeihen und sie mit allen ihren Fehlern zu akzeptieren, zumal wir ja die gleichen Fehler haben, wenngleich wir sie manchmal besser zu verbergen wissen.

Diese ständige Übung in Bescheidenheit und Toleranz führt zweifellos zu positiven Ergebnissen. Unter unseren Breiten fehlen jene verbitterten, boshaften, neurotischen und an ihrem Altwerden leidenden Rentner, denen man in Europa so oft begegnet.

Unsere Alten sind fröhlich, freundlich und in ihrem Verhältnis zur Jugend absolut offen.

Doch zurück zu unseren Neubürgern. Einer von ihnen fasziniert mich schon seit langem. Er heißt Francis Melloc.

Sollte es Sie eines Tages auf die Insel Moorea verschlagen, haben Sie gute Chancen, ihm daselbst zu begegnen. Ein großer, schlanker junger Mann wird Sie vielleicht freundlich darum bitten, seinen alten Geländewagen anzuschieben, damit er starten könne; er wird behaupten, seine Batterie habe sich gestern entladen. Dann werden Sie die Gewissheit haben, dass Sie Francis Melloc gegenüberstehen. Denn seine Batterie ist seit Jahren schon entladen, und für eine neue Lichtmaschine hat sein Geld bisher nie gereicht.

Francis ist Gründer, Besitzer und Leiter des berühmten «Mana Village» von Moorea.

Dieses Dorf ist unter unseren Breiten sehr bekannt; als touristische Attraktion erfreut es sich eines großen Zulaufs. Vielleicht haben Sie schon einmal folgende Werbung gesehen: ein prächtiges Plakat im Vierfarbendruck, auf dem man einen großen polynesischen Einbaum sieht, mit vielen zauberhaften Vahine (Frauen), die in ihren traditionellen Kostümen einen Tanz aufführen.

"Mana Village et Théâtre" verkündet das Plakat. «Über fünfzig exotische Tänzerinnen und Tänzer vor der märchenhaften Kulisse der Südsee.» Und im selben Stil geht es weiter: «Entdecken Sie das unverfälschte Leben der alten Polynesier, ihre Bräuche, ihr lebendiges Kunsthandwerk, ihre Legenden.» Und zum Schluss: «Theater, Restaurant, Bar, Boutiquen und - ein einmaliges Tanzspektakel! Ein Erlebnis, das Sie sich nicht entgehen lassen dürfen! Ein Traum, der in Erfüllung geht!» Das alles steht da zu lesen - in Französisch, in Englisch und natürlich auch in Japanisch.

Und diese Plakate hängen überall: in den Hotelhallen, in den Reisebüros, in den Abfertigungshallen aller Flughäfen Polynesiens. Die meisten touristischen Werbeprospekte Tahitis widmen mindestens eine Seite dem «Zauber» von «Mana Village». Sogar die Rückseite der Tickets für Inland- und Auslandsflüge ziert neuerdings das Motiv des Plakats. Mit seiner Begeisterungsfähigkeit und seiner Überredungskunst ist es Francis gelungen, die Manager der Fluggesellschaften als Sponsoren zu gewinnen.

Doch das ist alles nichts im Vergleich zu den schillernden Beschreibungen, mit denen Francis selbst die Leistungen seines Unternehmens rühmt. Er besitzt die Sprachgewandtheit eines Werbefachmanns.

Francis hat alles, was er besaß, und seine ganze Kraft in den Aufbau von Mana Village investiert. Und er möchte seinen Traum mit aller Welt teilen. Gegen Bezahlung, versteht sich, denn selbst ein Künstler muss manchmal essen und seine Schulden bezahlen.

Vor fünf Jahren kam Francis das erste Mal auf unsere Inseln. Mit viel Tamtam. Als Routinier im Showgeschäft führte ihn damals sein erster Gang zu den Redaktionsräumen unserer lokalen Tageszeitung. Ein bisschen Werbung könne ja nicht schaden ... Und so durften wir, einfache kleine Sterbliche am anderen Ende der Welt, tags darauf staunend und voller Bewunderung folgende Zeilen in der größten Tageszeitung von Papeete lesen:

« Papeete, den 21. Januar 19...

Wir freuen uns, die Ankunft des bedeutenden Choreographen und Tänzers, Francis Melloc, in unserem Land anzukündigen. Monsieur Melloc kommt direkt aus Paris, wo er im Casino de France mehrere Tanzshows präsentiert hat. Sein größter Erfolg war zweifellos die Revue «Gogo Girls de Paris». die er als Choreograph selbst inszenierte, und in der er neben Line Peujaut (unser Foto) die Hauptrolle tanzte.

Wie wir von Monsieur Melloc erfuhren, erfüllt er sich mit dieser Reise durch Polynesien einen Traum, den er seit langem hegt. Vor Jahren hatten ihn die Harmonie und Sanftheit der Tänze von «Tahiti Tamure», dem Tanzensemble von Pierrot Naonao, gefangengenommen und begeistert. Nun, wer erinnert sich nicht an die großen Erfolge, die Pierrot und seine Mädchen als Botschafter unseres Landes damals in Frankreich feierten, als sie sechsmal hintereinander im berühmten Casino de France auftraten.

Monsieur Melloc hat nun die Absicht unsere Tänze an Ort und Stelle zu studieren, und er hofft, dass es ihm gelingen wird, sie auf harmonische Weise mit Elementen des modernen Tanzes zu verbinden, um eventuell eine große Show auf die Beine zu stellen, mit der er auf Welttournee gehen würde. In Begleitung von Monsieur Melloc befindet sich seine reizende Gattin, die nicht weniger berühmte Corinne Gambier, die vier Jahre lang im Ensemble der Pink Bells im Acapulco Paris aufgetreten ist (siehe Foto). Es ist uns eine Ehre, Berufskünstler dieser hohen Qualität bei uns zu empfangen, und wir hoffen, dass ihr Wirken auch zur Ausstrahlung unserer Kultur in die Welt beitragen wird.»

Nach diesem vielbeachteten Auftritt unternahmen Francis und seine Gattin eine Insel-Rundreise.

Am meisten beeindruckte sie die wilde Schönheit von Moorea. Die tropische Vegetation der weiten, tiefen Täler, das Blau der Lagune und der beiden Meeresbuchten, die sich in weiten Bögen bis ins Herz der Insel hineinschwingen, versetzten sie in Begeisterung.

Sie sahen auch unzählige Spuren der alten Kultur und ließen sich gefangen nehmen vom Zauber eines verlorenen Paradieses, fasziniert und tief ergriffen, wie es nur künstlerisch empfindende Menschen wirklich sein können.

Diese Erfahrung war so überwältigend, dass Francis beschloss, alle Brücken hinter sich abzubrechen, seine Karriere im Pariser Showgeschäft aufzugeben und auf dem geheimnisvollen, aber fruchtbaren Boden der Insel Moorea Wurzeln zu schlagen. Tahiti hatte ihn in seinen Bann geschlagen; es war wie eine Verheißung und ein Ruf zugleich, der ihn aufforderte, zum neuen Apostel der tahitianischen Tanzkunst zu werden.

So wurde Polynesien um einen Romantiker reicher.

Den Menschen Francis Melloc bewundere ich wegen seiner Tatkraft und seiner Vitalität schon lange. Obwohl er schon auf die Vierzig zugeht, hat er noch immer jene Geschmeidigkeit und Spannkraft, die Berufstänzern eigen ist. Er ist mittelgroß und das, was man einen gutaussehenden Mann nennt;

sein stets lächelndes Gesicht sichert ihm von vornherein die Sympathie seiner Mitmenschen. Eine widerspenstige Locke seines dunklen Haars verleiht ihm jenes unschuldige, fast zarte Aussehen, das Frauen so sehr mögen.

Sobald er sich in Moorea niedergelassen hatte, stürzte er sich in eine Vielzahl kleiner Unternehmungen, um sich ein gewisses Einkommen zu sichern: Modegeschäft, Foto-schnelldienst, Würstchenbude, Herstellung von Pareu (tahitianische Wickelröcke) usw. Egal was - Hauptsache, es ließ sich damit Geld verdienen.

Der Tanz blieb aber seine große Leidenschaft, und er träumte weiter von der Gründung eines erstklassigen Tanz-ensembles.

Eine Reise nach Hawaii brachte ihm die Erleuchtung, auf die er gewartet hatte. In der Nähe von Honolulu entdeckte er das Dorf Polynesian Center und stellte staunend fest, dass Tausende von Touristen bereit waren, viel Geld auszugeben, um die Aufführung von Tänzen der Südsee zu erleben. Das war die zündende Idee. Francis hatte endlich einen Weg gefunden, um seiner Leidenschaft zu frönen und gleichzeitig davon leben zu können. Ein solches Dorf wollte er unbedingt in Moorea gründen. Und zwar sofort.

Also verkaufte er seine kleinen Geschäfte, pachtete ein Stück Land am Rand der Lagune, nahm ein größeres Darlehen auf und ließ ein traditionelles tahitianisches Dorf errichten: Hütten aus den Stämmen der Kokospalme, Dächer aus dem Blattgefieder der Kokospalme, Fenster aus geflochtenen Kokospalmblättern - kurzum, alles aus Kokospalmen, ein ganzes Dorf aus Kokospalmen in einem Kokospalmenhain. Es war großartig, und es kostete ihn ein Vermögen, denn er legte Wert auf originalgetreue Nachbildung aller Einzelheiten, und er ließ sehr viele solche Häuser errichten. Dann engagierte er die schönsten jungen Mädchen der Insel und gut-aussehende junge Männer, um das neue Dorf mit Leben zu erfüllen.

Ich erinnere mich noch an meinen ersten Besuch in «Mana Village». Es war überwältigend. Francis empfing mich im Kostüm eines Stammeshäuptlings der Maori, das aus Tausenden Federn gefertigt war. Er lud mich ein zu einem Rundgang durch das Dorf.

Erst sahen wir eine Werkstatt, in der mehrere Polynesier Kunstgegenstände aus Holz schnitzten; in einem anderen Haus fertigten Mädchen den tahitianischen Tapa (Gewebe aus Rindenfasern); ein paar Schritte weiter färbten junge Mädchen Pareu oder flochten Körbe.

Dann gab es ein Tamaraa, ein großes polynesisches Festmahl, mit einer gelungenen Einlage des neuen Tanzensembles: Eine riesige Doppelpiroge glitt heran, dreißig Tänzerinnen und Tänzer wiegten sich im Rhythmus der Trommeln, während Reiter auf den kleinen Pferden der Marquesas-Inseln am Strand herangeritten kamen... Obwohl ich schon einiges an tahitianischen Tänzen gesehen hatte, war ich von diesem Auftritt ziemlich beeindruckt. Francis hatte in kurzer Zeit etwas Tolles auf die Beine gestellt.

Doch wie so oft im Leben scheiterte der idyllische Traum des Künstlers an der grausamen Realität, das heißt an den ökonomischen Zwängen. Francis hatte ein kleines, aber wichtiges Detail außer Acht gelassen: Auf der Insel Hawaii werden jährlich über sechs Millionen Touristen gezählt - den Moorea-Leuten schwillt schon die Brust vor Stolz, wenn sie übers Jahr auf dreißigtausend Besucher kommen.

Wenn es dem Polynesian Center in Honolulu gelingt, zehn Prozent aller Urlauber anzulocken, bekommt es Tag für Tag Besuch von tausendfünfhundert zahlenden Touristen. Und das reicht allemal, um hundert Angestellte in Lohn und Brot zu halten.

Wenn Francis hingegen zehn Prozent der Insel-Touristen empfängt, kommt er geradewegs auf einen Schnitt von acht Besuchern pro Tag, was absolut nicht reicht, um seine vierzig Angestellten zu ernähren. Damit war der Niedergang des

Mana Village nachgerade vorprogrammiert, bevor die Sache richtig losging.

Nach den ersten euphorischen Monaten musste Francis sein Personal drastisch reduzieren. Er behielt nur drei Mädchen und einen Jungen, steckte bis über den Hals in Schulden, und der einzige Besuch, dessen er sich absolut sicher sein konnte, war der des Gerichtsvollziehers, wenn dieser seine allwöchentliche Rundfahrt um die Insel machte.

Seine Frau, die schöne Corinne Gambier, war bald nach Frankreich zurückgekehrt: sie hatte sich "aus dem Staub gemacht", wie man auch auf Tahiti so schön sagt. In ihrem Ehevertrag war zwar von guten und schlechten Zeiten die Rede, aber nicht davon, dass sie Armut leiden sollte. Und so hatte sie kurzerhand beschlossen, sich rasch einen etwas erfolgreicheren Mann zu suchen, bevor ihre "Verpackung ganz zerknittert ist".

Trotz all dieser Unannehmlichkeiten blieb Francis derselbe - voller Energie, Begeisterung und Zuversicht. Niemals zuvor hatte man in den Tropen solchen Mut, solchen Glauben und solche Beharrlichkeit erlebt. In einer Welt, in der Effizienz ein Fremdwort ist, steckte er jeden Nackenschlag ein, den ihm diese Beharrlichkeit bescherte. Es kam auch vor, dass alle Mitglieder seines Ensembles einfach vergaßen, dass sie eine Vorstellung hatten. Dann musste Francis tief in die Tasche greifen, um den angelockten Kunden das Geld zurückzuzahlen. Ein andermal war es der Taxifahrer, der vergessen hatte, die Touristen im Luxushotel abzuholen. Dann wartete der arme Francis in vollem Sonntagsstaat und mit dem vollzählig angetretenen Ensemble vergeblich auf seine Touristen.

Doch eines Tages kam "La Ventouse" auf die Insel Moorea. Nur wenige Kilometer von Mana Village entfernt liegt das große Urlauberresort der Insel, der Club Pacific. Es ist Teil einer internationalen Hotelkette, zu deren Geschäftsprinzip es gehört, das Personal ihrer Einrichtungen alle Jahre rotieren zu lassen.

Alex W. du Prel

Seit der Gründung seines Dorfes hatte Francis versucht, die Leitung dazu zu bewegen, Gäste zu ihm zu schicken, doch war man auf sein Angebot bisher nie eingegangen. Das Hotel hatte einen eigenen Veranstaltungsplan und legte Wert darauf, die Urlauber allein zu betreuen.

Als nun der neue Direktor seine Stellung antrat, macht Francis guten Mutes seine Aufwartung und lud ihn zu einem polynesischen Abend im Mana Village ein. Der Direktor nahm die Einladung an.

Dieser hieß mit seinem richtigen Namen Michel, wurde aber allgemein La Ventouse genannt. Er liebte diesen Spitznamen, denn er erinnerte ihn an eine Jugendschwäche, als er sich noch wie eine Klette an jede Frau hing, der er gerade den Hof machte. Als Mensch besaß er ein ausgesprochen sonniges Gemüt; er war ein geborener Genießer und überdies ein glänzender Gesellschafter. Seinen Erfolg verdankte er sowohl seiner Intelligenz als auch seiner Fähigkeit, seinen Gästen jeden Wunsch von den Augen abzulesen.

An besagtem Tag kam er in Begleitung von vier Touristen, die am "großen polynesischen" Abend teilnehmen wollten. Für sie ging die Sache damit los, dass ihr Taxi in den Schlaglöchern der unbefestigten Straße, die zum Dorf führte, steckenblieb. Dann mussten sie auch noch die Kuh vertreiben, die vor dem Eingang weidete. Francis empfing die Gäste in seinem prächtigen Federkostüm und führte sie erst einmal durch das Dorf. Da seit der Gründung ein paar Jahre vergangen waren, sahen die Hütten schon ziemlich verfallen aus. Bei manchen war das Dach durchlöchert, und die Bildhauerwerkstatt hatte eine Neigung von fast fünfzehn Grad, wie der Turm von Pisa.

Nachdem die Gäste dem Holzschnitzer bei der Arbeit zugesehen hatten, erläuterte ihnen Francis weitschweifig, was sie als nächstes zu sehen bekommen würden - die Verarbeitung von Kokosnüssen -, wobei er sehr langsam weiterging. Als sie die Hütte betraten, stellte sich heraus, dass der Kokos-

16

raspler kein anderer war als der Schnitzer, nur diesmal mit einem anderen «Pareu» bekleidet. In der dritten Hütte zeigte die Vahine, die Pareu einfärbte, eine große Ähnlichkeit mit dem Kokosraspler, nur dass sie eine Perücke und den Wikkelrock in der Art der Frauen trug. Die falschen Haare fielen ihr ins Gesicht, damit man ihn nicht erkenne. Auch in all den anderen Hütten begegnete den Besuchern immer wieder derselbe Eingeborene. Die Bevölkerung des «original polynesischen Dorfs» bestand also aus einem einzigen «Handwerker», der darüber hinaus in Windeseile das Geschlecht wechselte und alle Berufe ausübte.

Dann begab man sich zum «Festessen». Nun war Francis an der Reihe. Erst war er der Pirogenruderer, der die Tanzgruppe herbrachte, die aus drei netten Mädchen bestand, von denen die eine ihr Gebiss vergessen hatte. Dann stieg er auf ein Pferd, spielte den Bräutigam bei der Hochzeitszeremonie, kletterte, nur mit dem «Pareu» bekleidet, auf eine Kokospalme, um die Ernte der großen Nüsse zu demonstrieren. Danach verwandelte er sich in einen Moderator und Tanzmeister und bewährte sich nacheinander als Kellner und Barmann. Zu guter Letzt trat er noch als Kassierer, Gastgeber und Taxichauffeur auf, der die Gäste nach Hause fuhr.

La Ventouse hatte in seinem ganzen Leben noch nie ein so klägliches Schauspiel erlebt, das mit so wenigen Mitteln inszeniert worden war. All die baufälligen Hütten bildeten eine Kulisse, wie sie Edgar Allan Poe nicht besser hätte beschreiben können.

Er bedankte sich beim Gastgeber und machte sich mit nachdenklicher Miene auf den Weg. Als Francis das Gesicht seines Gastes sah, wurde ihm klar, dass er wohl auch in diesem Jahr keine Touristen vom Club Pacific empfangen würde.

Umso größer war seine Überraschung, als er drei Tage später vom Club Pacific eine Reservierung für dreißig Urlauber am darauffolgenden Mittwoch erhielt sowie für zwanzig am Donnerstag und siebenundzwanzig am Freitag.

Er geriet in Euphorie. Weil niemand da war, um seinen alten Renault anzuschieben, stieg er auf sein Fahrrad und fuhr zu La Ventouse, um ihm zu danken.

«Danke, danke, besten Dank, La Ventouse, du rettest mir das Leben. Ich dachte schon, es hätte dir nicht gefallen.»

«Doch, doch! In deinem Dorf gibt es viel Bemerkenswertes zu sehen; es ist sogar ziemlich einmalig.»

«Ha! Ich wusste ja, dass meine Kunst eines Tages Anerkennung finden würde. Sie tanzen doch prima, meine Mädchen, nicht? Das habe ich ihnen beigebracht. Und du hast ja mein Dorf gesehen, sieht doch verdammt gut aus, nicht? Wie ein richtiges Museum.»

«Ja, wunderbar. Also pass auf! Ich werde dir so oft wie möglich Kunden schicken. Du musst aber hin und wieder bei mir vorbeikommen und mir erzählen, wie die Sache läuft. Und ich stelle nur eine Bedingung: Meine Gäste müssen zufrieden sein. Wie du weißt, füllen sie Fragebögen aus, die nach ihrer Abreise direkt an die Direktion geschickt werden. Also, verwöhne sie ein bisschen. Ich verlasse mich ganz auf dich.»

Außer sich vor Freude radelte Francis zurück. Einhundertsechzig Kunden in weniger als einer Woche! Er konnte endlich seine Schulden zurückzahlen, und die Bank würde das Darlehen verlängern. Er war gerettet. Der wahrhaft Gläubige wird immer gewinnen.

La Ventouse hielt Wort. Die Kunden kamen in Scharen, jeden Abend, ausgenommen freitags, wenn der Club Pacific seinen eigenen Abend veranstaltete.

Francis nutzte diese freien Abende, um La Ventouse seinen Dank abzustatten. Dieser versicherte ihm, seine Urlauber seien sehr zufrieden und betrachteten ihren Besuch in seinem Dorf als ein großes kulturelles Erlebnis.

Nach drei erfolgreichen Wochen begann Francis sich besser zu fühlen, und er teilte La Ventouse mit, dass er ein paar weitere Tänzer und Bedienungskräfte einstellen werde.

Bedauerlicherweise kam in den darauffolgenden zwei Wochen kein einziger Urlauber. Er fuhr mehrmals zum Club Pacific, um mit dem Direktor zu sprechen:

«Wo bleiben die Kunden? Hat es denn Beschwerden gegeben?»

«Nein, überhaupt nicht. Aber die Urlauber sind zur Zeit recht komisch. Selbst bei den Exkursionen läuft es nicht so richtig. Ich tue mein Bestes, um sie für dein Mana Village zu interessieren. Aber wenn sie nicht hingehen wollen, kann ich sie doch nicht mit einem Gewehr im Kreuz dazu zwingen, deine Veranstaltung zu besuchen!»

«Ich werde wieder entlassen müssen. Diese beiden Wochen haben alles aufgefressen, was ich beiseite gelegt hatte.»

Doch am darauffolgenden Samstag waren die Kunden wieder zurück und kamen darauf einen ganzen Monat lang. Und dann war wieder Schluss.

Ungefähr alle fünf Wochen fiel Francis von einem Zustand der Euphorie in tiefste Niedergeschlagenheit. Jedes Mal, wenn er glaubte, er habe es endlich geschafft, traf eine Gruppe störrischer Touristen im Club Pacific ein und brachte ihn wieder an den Rand des Abgrunds. Und dies trotz aller Bemühungen von La Ventouse.

So ging es ein ganzes Jahr lang. Francis rackerte sich ab, verteilte seine Prospekte und versuchte seine Kreditgeber mit Hilfe von Belegen und Berechnungen zu mehr Geduld zu bewegen.

Zum Glück war La Ventouse ein echter Freund. Die Besucher vom Club Pacific ermöglichten ihm schließlich das Überleben. Doch Francis war und blieb bis über beide Ohren verschuldet.

La Ventouses Aufenthalt ging zu Ende. Das Jahr war schnell vergangen.

Mit großer Trauer im Herzen erschien Francis, einen gewaltigen Tiki (polynesische Skulptur) unter dem Arm als Geschenk für La Ventouse, zur Abschiedsfeier die von den Angestellten zu Ehren ihres scheidenden Direktors veranstaltet wurde. Er hoffte sehr - obwohl er nicht all zu fest daran glaubte - dass der Nachfolger sich ebenfalls für das Mana Village einsetzen würde.

Er hatte schon zwei Whiskys getrunken, als La Ventouse sich zu ihm an die Bar stellte:

«Komm, wir setzen uns an den Strand. Ich muss noch mit dir reden.»

Er nahm seinen Drink und den großen «Tiki» und folgte La Ventouse. Sie setzten sich auf Stühle am Ufer der Lagune, über ihnen das sternbesäte Himmelszelt, fernab vom Trubel der vergnügten Gesellschaft. Der Direktor begann:

«Ich reise morgen ab. Das Jahr, das ich hier auf Moorea verbracht habe, war großartig. Vor meiner Abreise wollte ich aber noch einmal mit dir reden. Ich schulde dir ein paar Erklärungen.»

«Aber nein, nein, nein Ich habe dir zu danken. Du warst mein Retter und der erste, der meine Kunst wirklich zu würdigen wusste. Dafür werde ich dir immer dankbar sein. Weißt du, ich betrachte dich gewissermaßen als meinen besten Freund.»

«Warte, warte, bleib ruhig. Und vor allem, hör mir zu. Die großen Hotelketten wie die vom Club Pacific befinden sich gegenwärtig in einem Umbruch. Die Welt ändert sich, also müssen auch wir uns ändern. Früher waren unsere Verkaufsschlager: gut bumsen, gut schmausen. Damit lassen sich heute keine Gewinne mehr erzielen. Die Leute legen immer mehr Wert auf eine gesunde Ernährung und auf einen mäßigen Alkoholkonsum. Und die Seuche Aids hat das fröhliche Karussell der freizügigen Liebe in ein "Roulette des Todes" verwandelt. Was bleibt also? Der Sport natürlich, das Tauchen und die Erholung. Aber das haben die anderen Resorts auch im Programm. Wir mussten uns etwas einfallen lassen. In unseren Clubs wurde die "Nouvelle Cuisine" eingeführt und vor allem eine ganz neue Dimension: die Kultur.»

«Ja, und mein Dorf entstand gerade zur rechten Zeit und am rechten Ort. Auf diese Weise können deine Urlauber die Wunder der alten polynesischen Kultur mit ihren zünftigen Tänzen entdecken.»

«Ganz so habe ich das nicht gemeint, aber du interessierst uns. Hör zu, ich will ehrlich sein, und du wirst begreifen. Als du uns das erste Mal eingeladen hast, war ich erstaunt, mit welcher Frechheit du dein Programm präsentierst. Dein Dorf war nahe dran zu verfallen, die Dächer waren durchlöchert, und wenn man ganz still in einer deiner Hütten stand, hörte man, wie die Termiten an den Kokostämme nagten. Deine Pirogen waren verfault und leck und dein Pferd hinkte. Dein Kostüm bestand nur noch aus einem Viertel der ursprünglichen Federn. Angestellte hattest du so gut wie gar keine mehr. Selbst deinen Tänzerinnen war das Lächeln vergangen. Und als Krönung mussten die Gäste deinen alten Schlitten anschieben und die Kühe vertreiben, damit du sie wieder ins Hotel fahr konntest. Das war schon ziemlich grotesk. Du bist wahrscheinlich der erste, dem es gelungen ist, eine Favela mitten im Busch zu gründen. Es war überhaupt nicht daran zu denken, dir unsere Touristen zu schicken, denn sie hätten sicher geglaubt, wir wollen sie übers Ohr hauen.»

Francis, der ganz rot geworden war, schnitt ihm das Wort ab:

«Das stimmt doch nicht! Du lügst! Die Kunden, die du mir geschickt hast, haben mir alle gesagt, dass sie meine Darbietung toll fanden. Du hast doch selbst ihre Kommentare gelesen. Sie waren alle begeistert.»

«Ich weiß, ich weiß. Aber warte ab, lasse mich zu Ende erzählen. Als ich damals ins Hotel zurückkehrte, dachte ich über dich und dein Dorf nach. Und mir wurde klar, dass es in deinem Dorf etwas gibt, das den Weg dorthin lohnt. Man müsste es den Leuten vorher nur richtig erklären. Du musst nämlich wissen: Die meisten Urlauber, die Tahiti besuchen, haben in ihrem Leben etliche Bücher über Polynesien und über den Süd Pazifik gelesen, Bücher von Somerset Maugham, von Michener, von Jack London, Stevenson und anderen. Und worum geht es in diesen Erzählungen? Sie handeln meist davon, wie Auswanderer sich in einer tropischen und exotischen Umgebung schlecht und recht durchs Leben schlagen. Und es sind fast immer einmalige und sehr rührende Gestalten. Viele Touristen sind darauf erpicht, solche Leute kennenzulernen, und sie betrachten es als ein großes kulturelles Erlebnis, wenn sie die Möglichkeit erhalten, Zeugen menschlicher Dramen auf einer dieser fernen Inseln zu werden. So, jedes Mal, wenn eine neue Gruppe von Gästen hier eintraf, hielt ich ihnen folgenden Vortrag:

"Denjenigen unter ihnen, die sich für außergewöhnliche Menschen interessieren, möchte ich ein Zusammentreffen mit dem perfekten Typ des gestrandeten Romantikers Gauguin-Stil vorschlagen. Es ist ein berühmter Tänzer aus Paris, der nicht weit von hier ein völlig abartiges Unternehmen gegründet hat. Es heißt «Mana Village» und hatte längst schon Konkurs gehen müssen. Aber gerade hier zeigt sich das außergewöhnliche Talent dieses Menschen. Er setzt Himmel und Hölle in Bewegung, um das Scheitern seines Traumes zu verhindern. Seine Energie ist geradezu unerschöpflich. Er ist ein unverbesserlicher Optimist. Deshalb sieht man ihn rennen, klettern, tanzen, rudern, reiten, kochen, bedienen, Auto fahren. Er tut das alles, um nicht zugeben zu müssen, dass sein Traum nicht zu verwirklichen ist. Er wird ihnen ein paar klägliche Tänze zeigen und ein zuweilen etwas fragwürdiges Essen vorsetzen. Aber das wahre Schaustück ist eben dieser Mann. Er ist ein Vollblutkünstler und ein Südsee-Phantast, der bereit ist, für sein Ideal selbst sein Leben herzugeben."

Meine Gäste lieben solche Geschichten, und meist folgt darauf eine längere Debatte. Du bist sozusagen das intellektuelle Thema Nummer eins im Club Pacific. Unsere beste Attraktion.»

Francis war jetzt kreideweiß im Gesicht. Er stammelte:

«Aber ... aber ... das ist ja gemein ... Das stimmt doch alles nicht... Manchmal ist gar niemand gekommen ... Siehst du, wie du lügst!»

«Nein, ich lüge nicht. Wenn niemand kam, dann lag es einfach daran, dass ich den Gästen nichts von dir erzählte.»

Francis' Stimme überschlug sich plötzlich:

«Aber warum denn, wenn es ein intellektuelles Vergnügen war, zuzusehen, wie ich mich abschinde?»

«Weil du nach drei Wochen, in denen ich dir regelmäßig meine Urlauber schickte, ein steigendes Einkommen und damit einen Grund zum Lächeln hattest. Du warst wieder gelassener, du sprachst sogar davon, mehr Personal einzustellen. Doch deine Darbietungen hörten auf, glaubwürdig zu sein.

Dann habe ich einfach den Hahn zugedreht, zack! Zwei Wochen lang. Und die Bank machte dir wieder das Leben schwer, der Gerichtsvollzieher rückte dir auf die Bude. Du wurdest wieder nervös, fingst an, rastlos umher zu rennen. Deine Show bekam wieder ihre frühere Qualität! Ich konnte und durfte meine Gäste schließlich nicht enttäuschen.»

Kreidebleich und völlig verstört sah ihn Francis mit großen Augen an.

La Ventouse erhob sich langsam und rückte seinen Pareu zurecht: «Lost komm, wir trinken ein Gläschen an der Bar, und dann geht's zu Tisch. Es wird dir schmecken. Es gibt Langusten und dazu einen phantastischen Riesling.»

Er schlenderte zum großen Salon zurück und gesellte sich zu den anderen Gästen.

Fünf Minuten später - der Champagner floss in Strömen, und La Ventouse stieß gerade mit dem Chef der Insel und mit den Honoratioren an - hörte er plötzlich im Saal nebenan einen lauten Krach von zerberstendem Glas. Er entschuldigte sich bei seinen hohen Gästen, um nach dem Rechten zu sehen, doch da kam ihm schon der Barmann entgegengeeilt:

«Das war Francis. Er ist völlig durchgedreht! Erst hat er sich scheinbar ganz ruhig an die Bar gestellt, doch dann hat er seinen Riesentiki gegen die Glasvitrine geschleudert. Die Flaschen sind alle zu Bruch gegangen. Die Gäste waten im Alkohol. Was soll ich bloß tun? Soll ich die Polizei rufen?»

«Nein. Bau schnell eine Behelfsbar auf - und Schwamm darüber!»

Tags darauf verließ La Ventouse Moorea mit dem Mittagsflugzeug. Sein Abschied war am Vormittag noch Anlass zu einer Orgie von Blumen, Champagner, Gesängen und Tänzen gewesen, von Umarmungen und umgehängten Muschelketten, wie es die große Tradition Polynesiens und die des Club Pacific auf Moorea verlangt.

Etwa zur gleichen Zeit konnte man Francis, nur wenige Kilometer entfernt, seine Prospekte an verirrte Touristen verteilen sehen, die gerade dem Fährboot aus Tahiti entstiegen:

«Mana Village, Mana Theater, polynesischer Traum, Polynesian dream, besuchen Sie uns, come visit ...»

Das «*Ori*» der Vahine

Armer Jean-Pierre. Er hatte sich bis über beide Ohren in eine junge Vahine verliebt. Vaitiare hieß das zauberhafte Mädchen.

Zugegeben, sie war zum Verlieben schön, ein richtiges Prachtmädchen, die Krone der Schöpfung, wie man so sagt. Hochgewachsen, aber nicht zu groß, mit den typischen hervorstehenden Backenknochen der Maori und mit großen runden Augen, in die man sich für immer versenken möchte. Sie hatte jene Sanftmut oder Schüchternheit, die in jedem Mann den Wunsch weckt, dieses scheinbar zerbrechliche Wesen beschützen zu müssen.

Und dazu einen absolut göttlichen Körper, lange Oberschenkel, ein muskulöses, keckes Hinterteil und straffe, aufreizende Brüste. Als Krönung dieser ganzen Pracht trug sie langes, seidiges, rabenschwarzes Haar, das wie ein wallendes Echo ihren geschmeidigen, eleganten Gang umspielte, den sie sich durch eine mehrjährige Übung im tahitianischen Tanz antrainiert hatte. Ein wahrer Traum von einer Frau, diese Vahine!

Warum also «armer» Jean-Pierre?

Weil Vaitiare, dieses heitere und liebliche Kind, erst achtzehn Jahre alt war, ein Umstand, den man auf Tahiti niemals außer Acht lassen darf.

Dabei hatten Jean-Pierres Kollegen den frisch aus dem Mutterland eingetroffenen Arzt hinlänglich gewarnt:

«Du solltest dich nicht in ein So junges Mädchen verlieben. Mensch, sei vernünftig!

Aber die Liebe hat ihre eigenen Gesetze. Sie macht den Klarsichtigen blind und den Furchtsamen tollkühn. Überwältigt von so viel Schönheit und Jugendlichkeit, erlitt Jean-Pierre all die irrationalen und verheerenden Folgen einer entfesselten Leidenschaft. Er hatte nur noch Augen für Vaitiare. Er dachte nur noch an Vaitiare. Der kleinste Wunsch dieser charmanten Kreatur wurde für ihn zum Befehl und die geringste Anwandlung von schlechter Laune zur Qual. Jede Minute, die er ohne sie verbrachte, kam ihm wie eine Ewigkeit vor. Solcherweise legte er sich selbst in jene unzerstörbaren Ketten, die allein eine blinde Liebe zu schmieden weiß. Armer Jean-Pierre!

Dabei gab es für ihn einen guten Grund, nicht in diese Falle zu tappen. Er hatte gerade erst die schwierige und schmerzvolle Trennung von einer Frau vollzogen, mit der ein gemeinsames Eheleben unmöglich geworden war. Und er hatte sich geschworen, mindestens ein Jahr lang als eingefleischter Junggeselle zu leben, um wieder zu sich zu finden.

Aber das Schicksal hatte anders entschieden. Keine zwei Wochen nach seiner Ankunft in Tahiti begegnete er der schönen Vaitiare.

Die mit einer eher herrschsüchtigen Ehefrau verbrachten Jahre hatten in Jean-Pierre tiefe Spuren hinterlassen und ihn nachhaltig verunsichert. Sein geschwächtes Selbstvertrauen und der Ruf, der den tahitianischen Frauen vorauseilte, ließen ihn im Grunde daran zweifeln, dass er in der Lage sein würde, dieses außergewöhnliche Mädchen dauerhaft an sich zu binden. Unsicherheit gepaart mit Leidenschaft führt zwangsläufig zu Eifersucht. Und Eifersucht aus Liebe führt direkten Weges in die Hölle. Armer Jean-Pierre!

Ein zur Eifersucht neigender Mann, der sich in eine achtzehnjährige tahitianische Göttin verliebt - das konnte nur großen Seelenschmerz zur Folge haben. Denn auf Tahiti gibt es ein Phänomen: das «Ori».

Das «Ori» (wörtlich: Tanzen) ist ein alter und sehr gesunder Brauch, den die jungen Mädchen unserer Inseln pflegen. Sobald sie erwachsen werden, beginnt für sie die Zeit, in der sie mehrere Monate oder auch Jahre lang ihre Freiheit nutzen und ihre Jugend genießen. So kosten sie alle Freuden aus, die ihnen der reichlich gedeckte Tisch dieser Welt zu bieten vermag, bevor für sie der Ernst des Lebens beginnt und sie eine dauerhafte Bindung eingehen. Das Ori ist auch eine Art Schule, in der die jungen Frauen die Konventionen der Gesellschaft außerhalb der Familie kennenlernen und die Erfahrungen sammeln, die sie brauchen, um einen Ehemann an sich zu binden.

Das Ori ist im Grunde eine sehr vernünftige Einrichtung. Es ist nämlich klüger und vor allem ehrlicher, wenn junge Leute sich vor der Ehe die Hörner abstoßen. Ehrlicher jedenfalls als eine Ehe im Zeichen der Jungfräulichkeit, die nach der Heirat im Sumpf des Betruges und der Lüge einer außerehelichen Beziehung untergeht.

In der Frische ihrer achtzehn Jahre hatte Vaitiare gerade erst begonnen, sich im Leben umzusehen. Für sie war Jean-Pierre zwar eine sehr angenehme Erfahrung, aber schließlich doch nur eine Erfahrung. Sie fühlte sich durch die grenzenlose Aufmerksamkeit dieses schon reifen Mannes sehr geschmeichelt. Seine rührige Art, ihr den Hof zu machen, stärkte ihr Selbstvertrauen und zerstreute ein wenig die Zweifel, die ein sich entfaltender junger Mensch meist noch empfindet.

Aber der Besitzanspruch, den Jean-Pierre ihr gegenüber geltend machte, ging ihr immer mehr gegen den Strich. Selbst ein harmloses Gespräch mit einem Schulfreund hatte Vorhaltungen zur Folge. Die Freude, die sie anfangs noch empfunden hatte, wenn sie mit ihm ausging, war der ständigen Furcht vor einer öffentlichen Szene gewichen. Und die Spannungen, die sich daraus ergaben, belasteten sie immer mehr.

Und dann passierte es. Eines Abends, nach einer anderen Eifersuchtsszene, ging sie einfach fort.

Jean-Pierre verbrachte zwei Tage und zwei schlaflose Nächte damit, auf sie zu warten. Er war völlig verzweifelt. Die kleine Welt, die er um diese Frau errichtet hatte, war mit einem Mal zusammengebrochen.

Von Zweifeln und Gewissensbissen geplagt, entschloss er sich dann, zum Polizeirevier zu gehen und seine junge Gefährtin als vermisst zu melden.

Die Polizisten hörten sich sehr freundlich seine Erklärung an, lehnten es aber ab, Nachforschungen anzustellen:

«Seien Sie doch vernünftig. Sie sind ein fünfunddreißigjähriger Mann, und Sie sind in ein achtzehnjähriges Mädchen verliebt. Aber Sie sind weder mit ihr verheiratet noch gehören Sie zu ihrer Familie. Außerdem ist sie verschwunden, nachdem Sie so etwas wie einen Streit mit ihr hatten. Hören Sie, vielleicht ist sie zu einer Freundin gezogen oder mit einem anderen zusammen, um auf andere Gedanken zu kommen. Machen Sie sich keine Sorgen, sie kommt bestimmt wieder, oder sie wird jemanden schicken, um ihre Sachen zu holen. Beruhigen Sie sich. Sie müssen ihr ein wenig Zeit lassen. Und Kopf hoch! Sie sind doch kein Kind. Nur Mut!»

Das war genau das, was Jean-Pierre befürchtet hatte: «... oder mit einem anderen zusammen...» Beschämt verließ er wie ein begossener Pudel das Polizeirevier und spürte, wie ihm die Eifersucht die Kehle zuschnürte.

Unnötig, die Höllenqualen zu beschreiben, die dieser Mann, der aus einer Welt kam, in der es strikte Vorstellungen von Besitz gab, aus Eifersucht und Sorge in den zwei darauffolgenden Wochen erlitt. Er verkroch sich, meldete sich sogar krank, um seinen Kollegen im Krankenhaus nicht unter die Augen treten zu müssen.

Eines schönen Morgens tauchte Vaitiare plötzlich wieder auf, strahlend schön, in der Hand ihr Körbchen. Sie drückte Jean-Pierre einen Kuss auf die Stirn.

«Wie geht es dir, Liebling?» fragte sie in ihrem singenden tahitianischen Tonfall, der jedes "r" wie einen kleinen Trommelwirbel klingen lässt.

Jean-Pierre verschlug es ein paar Sekunden lang die Sprache. Zwei Gefühle bekämpften sich in seinem Innern: die Freude über Vaitiares Rückkehr und das dringende Verlangen nach einer Erklärung für die Eskapade der jungen Frau.

«Dir geht es recht gut, wie ich sehe! Zu gut, würde ich sagen. Wo bist du gewesen?»

«Ach, weißt du, ich musste mich ein bisschen auf andere Gedanken bringen... du machst mir zu viele Szenen, weißt du, das ist fiu roa (ich hab es supersatt)!»

«Sag mir, wo du warst! Ich habe bei deiner Mutter angerufen, auch bei deinen Freundinnen. Keiner konnte mir was sagen. Wo bist du gewesen?»

«He! Hör auf damit! Ich bin doch wieder da, oder nicht?»

Jean-Pierre hatte nun die Gewissheit, dass sie ihn mit einem anderen betrogen hatte. Und wieder packte ihn der Teufel Eifersucht. Er hob die Stimme:

«Du hast mich betrogen. Gib es zu! Ich weiß es. Gib es zu!»

Aber Vaitiare antwortete nicht. Sie zog sich aus. Ihre Sandalen flogen durchs Zimmer. Dann fiel der Pareu. Sie zog langsam ihren Slip aus und beförderte ihn mit dem Fuß dahin, wo die Sandalen lagen. Dann legte sie beide Hände in den Nacken und zog in einer langsamen Bewegung ihr langes Haar nach oben. Splitterfasernackt vollzog sie vor ihm ein paar langsame Pirouetten und zeigte die ganze Pracht und Herrlichkeit ihres jungen Körpers. Jean-Pierre war zwar außer sich vor Wut, spürte aber auch, wie der Mann sich in ihm regte.

«Hör auf mit dem Theater und antworte mir! Du hast mich betrogen! Gib es zu! Und versuch nicht, mich anzumachen, das wird dir nicht gelingen!»

Vaitiare drehte sich weiter vor ihm und sagte dann mit süßer Stimme:

«Aber nein, Liebling, ich will dich überhaupt nicht anmachen. Ich will dir nur was zeigen. Schau her: Es ist noch alles da. Nichts ist beschädigt. Ich bin immer noch dieselbe. Es ist alles so wie vorher. Das siehst du doch.

Warum weinst du denn?»

Bora Boras Truhe der Hoffnung

Historische Anmerkung:
Nach dem japanischen Angriff auf Pearl Harbor auf Hawaii im Jahre 1941, wurden schnell ein Dutzend US-Basen auf Inseln und Atollen in der Südsee installiert, um als permanente Flugzeugträger für Transportflugzeuge bereit zu stehen, um Personal und Waffen in die Kampfzonen der Coral-See, Guadalcanal, Salomon Inseln und Papua-Neuguinea zu bringen. Bora Bora, im Westen von Französisch-Polynesien war von 1942 bis 1946 eine geheime US-Militärbasis. Die Landebahn, auf einem Motu (Koralleninselchen) in die Lagune gebaut, blieb bis zur Eröffnung des Tahiti Flughafens im Jahr 1961, der erste und einzige Flughafen der Region.

Es war an einem dieser Morgen in den Tropen, der einem für immer in Erinnerung bleibt. Einer dieser südlichen Wintermorgen in Polynesien. Der Himmel war tiefblau und dicht, wie durch einen Polarisationsfilter fotografiert. Die Sonne war gerade erst aufgegangen und erhellte die ganze Insel mit ihren warmen, gelben Strahlen. Zu meiner Rechten erstreckte sich die Bora Bora-Lagune wie ein Spiegel, und zu meiner Linken kauerte der gigantische Berg Otemanu wie eine ewige, unbezwingbare Festung. Kein Windhauch kräuselte die Wasseroberfläche der Lagune, und man konnte jedes Korallengewächs im Wasser erkennen, bis tief hinunter. Da der Morgen eine Frische hatte wie sie es in den Tropen viel zu selten gibt, fuhr ich meinen alten Citroën Mehari sehr langsam, um den Zauber des Augenblicks genießen zu können.

Ich hatte beschlossen, Tihoni in Matira Point einen Besuch abzustatten, um zu sehen, ob er vielleicht ein paar Langusten zum Verkauf hatte. Es war eine mondlose Nacht gewesen und das Meer war ruhig, nur gelegentlich unterbrochen von einem trägen Wellengang, ein Überbleibsel eines sich verlierenden Sturms weit im Süden vor der Küste der Antarktis. Dies waren unmissverständliche Anzeichen dafür, dass Tihoni auf dem Riff gewesen sein musste, um Langusten zu fangen; diese kleinen Biester, die für mich zum Schmackhaftesten gehören, was der Mensch kennt— vor allem gegrillt und mit etwas Soße aus Knoblauchbutter serviert. Meine Lust am Essen (und das meiner Kunden) war also der Grund, warum ich morgens mit den Hühnern aufstand. Denn in der Tat, würde ich zu einer etwas zivilisierteren Zeit bei meinem Freund, dem Fischer, auftauchen, hätten die Köche der großen Luxushotels der Insel bereits die ganze Beute des "Mannes, der nachts mit Petroleumlampe auf dem Riff herumläuft", weggerafft.

Als mein Plastikauto durch einen Kokoshain fuhr, sah ich am Straßenrand eine Frau, die energische Handsignale machte. Ich verlangsamte meine Fahrt. Es war Madame Dorita, Jacquis Frau. Auf unseren Inseln werden die Leute nur mit ihrem Vornamen oder Spitznamen angeredet, denn in Polynesien sind die Nachnamen viel zu kompliziert, als dass man sie sich merken, geschweige denn, sie aussprechen könnte.

«Komm auf dem Rückweg bei mir vorbei! Ich mache Kaffee!» rief sie mir zu.

Ich fuhr weiter. Madame Dorita wusste genau, wohin ich unterwegs war und verstand, dass ein Zuspätkommen meinen frühmorgendlichen Ausflug zwecklos machen würde. Das Kaffeeangebot bedeutete, dass sie etwas von mir brauchte.

Eine halbe Stunde später zappelten drei große Langusten, jede über drei Pfund schwer, im mit Meerwasser gefüllten Eimer, der hinten auf dem Pritschenboden meines Citroën befestigt war. Ihre langen Fühler standen heraus und bewegten sich in alle Richtungen. Ich parkte mein Auto auf Madame Doritas Grundstück. Sie wartete schon, am Küchentisch sitzend. Auf dem Plastiktischtuch erwarteten mich eine dampfende Tasse Kaffee und ein Stück Weißbrot mit Butter. Ich küsste sie auf beide Wangen und setzte mich auf die Bank ihr gegenüber.

«Danke fürs Vorbeikommen. Es ist die Waschmaschine… Jaja, ich weiß, das ist ein Luxusartikel und eine Vahine (polynesische Frau) sollte alles mit der Hand waschen… Aber, wie du ja weißt, vermiete ich Bungalows an Touristen, und an manchen Tagen muss ich mindestens ein Dutzend Laken waschen. Mit der Hand ist das einfach zu viel. Ich habe gehört, du hast letzte Woche sogar Macos Fernseher repariert…»

Ich sah ihr lächelnd zu, während ich an meinen Stück Brot kaute. Sie erwartete gar keine Antwort von mir. Es war ganz klar, dass ich mir ihre Waschmaschine ansehen würde. Zur damaligen Zeit gab es keinen einzigen Mechaniker auf der Insel. Trotzdem war es eigentlich nicht meine Aufgabe. Seit langem aber hatte sich das Gerücht auf der Insel verbreitet, dass der Besitzer des Yachtclubs in mechanischen Dingen Talent hatte. Und es störte mich nicht im Geringsten. Sich gegenseitig auszuhelfen gehörte zum Inselleben eben dazu. Jemandem einen Gefallen zu tun ist schließlich eines der schönsten Vergnügen, die es auf dieser bösartigen Welt noch gibt. Darüberhinaus gab mir das Gelegenheit, dieses freundliche und spontane Volk recht gut kennenzulernen.

Nur ein einziges Mal bereute ich meine freundschaftliche Geste. Der französische Direktor unserer kleinen Oberschule hatte mich gebeten, sein Kopiergerät zu reparieren (es hatte sich lediglich eine Schraube gelockert). Doch von dem Tag an war ich bei der gesamten Lehrerschaft (aus Frankreich importiert) nur noch als Monsieur le mécanicien bekannt. Von nun an wurde ich in eine Schublade gesteckt. Für sie war ich nur ein niedriger Proletarier der Arbeiterklasse, mit allem Verabscheuungswürdigen, was dieser in den Augen der selbsternannten, intellektuellen Elite besaß! Mit anderen Worten: Ich war nur ein einfacher Arbeiter, der ihre Gesellschaft nicht wert war. Ich akzeptierte es mit Vergnügen.

Aber zurück zu Madame Doritas Waschmaschine. Der ausgeleierte Riemen war nur von der Trommel gesprungen. Ich setzte ihn wieder ein, zog ihn fest, und gab Madame Dorita Anweisung, mindestens zwei neue Riemen aus Tahiti zu bestellen. Die Reparatur würde solange halten, bis die Ersatzteile ankommen würden, vielleicht in zwei Wochen.

Während ich die Rückwand der Waschmaschine wieder anschraubte, entdeckte ich zu ihrer rechten Seite eine lakkierte Holztruhe. Es war eine große Mahagonitruhe mit wunderschönen Schwalbenschwanzverbindungen, Seilgriffen, dazu Metallecken und Scharnieren aus Bronze — eine Truhe, die von außerordentlicher Handwerkskunst zeugte, die heute nur noch selten zu finden ist. Neugierig geworden stand ich auf und betrachtete die Truhe. Dann sah ich die Zeichen auf dem Deckel: ein "Seabees" - Logo und Buchstaben, die mit einem Brenneisen in das Holz eingebrannt worden waren, ein Seemannsanker, und darunter: "Sgt. Michael Shay, U.S.N.".

Ich starrte fasziniert auf die Truhe. Sie schien beinahe neu und war in perfektem Zustand. Die Lackierung sah tadellos aus. Sogar die Bronzeverkleidungen glänzten. Die Beschriftung und die verwendeten Materialien jedoch wiesen darauf hin, dass die Truhe tatsächlich aus dem Zweiten Weltkrieg stammte und dass ich ein Erinnerungsstück des amerikanischen Militärstützpunktes vor mir hatte, der von 1942 bis 1946 in Bora Bora existiert hatte. Ich fragte Madame Dorita:

«Wow! Was für eine schöne Truhe! Gehört die Ihnen?»

«Meinem Tane (Mann).»

«Darf ich mal hineinsehen?»

Madame Dorita sah etwas verlegen aus, fühlte sich mir aber verpflichtet, ging hinüber zu einem Regal, von dem sie einen Schlüssel aus einem Glas nahm und kniete auf dem Korallenboden nieder, um die Truhe zu öffnen. Was sich darin befand, war noch erstaunlicher als ihr unversehrtes Äußeres. Perfekt sortiert lag dort ein komplettes, hochqualitatives Elektriker- und Schreinerwerkzeug aus der Zeit um etwa 1940, scheinbar so neu wie die Truhe selbst. Eine große Handbohrmaschine, ein Handhobel, eine elektrische Säge mit den dazugehörigen altmodischen, stoffumnähten Kabeln und Bakelite-Steckern, Zahnsägen von verschiedener Größe, ein komplettes Set Holzmeißel, eine Bohrwinde, Bohrspitzen und andere Werkzeuge waren sorgfältig in der Truhe aufgereiht und gestapelt. Und alles war geölt und glänzte wie neu.

Wir befanden uns in einer Art Werkzeugschuppen, wo alles Mögliche an Geräten herumlag. Keins der anderen Dinge hier — alte Fahrräder, kaputter Rasenmäher und diverses anderes, was bestimmt nur ein paar Jahre alt war — schien besonders sorgfältige Pflege zu genießen. Auf allem hatte das Meeresklima starke Rostspuren hinterlassen. Deshalb war der perfekte Zustand dieser herrlichen Truhe so verwunderlich.

Warum sollte Jacqui dieses Werkzeug so pfleglich behandeln? Und vor allem, warum hatte er es nie benutzt? Ich kannte Jacqui als einen immer lächelnden Mann, sorglos, unkompliziert und bescheiden — wie die meisten Polynesier. Er arbeitete als Lasterfahrer im öffentlichen Dienst, hatte also eine ziemlich gute Stelle. Er kam etwa einmal die

Woche im Yacht Club vorbei, um ein Bier zu trinken, daher kannte ich ihn recht gut. Er erschien mir immer wie die meisten normalen Menschen auf dieser Welt: Ein guter, ehrlicher Mann mit dem Ziel, seine Zeit auf Erden so unkompliziert und schlicht wie möglich zu genießen. Ich konnte mir schwer vorstellen, dass er vierzig Jahre lang regelmäßig alte Werkzeuge aus einer rätselhaften Truhe polierte. Geschweige denn, dass er sie jemals benutzte.

Nachdem ich mir die Hände gewaschen hatte, ging ich in die Küche zu Madame Dorita zurück, um meinen Kaffee auszutrinken. Die Truhe verwirrte mich derart, dass ich mich nicht zurückhalten konnte, sie nochmals danach zu fragen:

«Wie kommt es, dass Jacqui die Werkzeuge nie benutzt? Sie sind von bester Qualität.»

«Du hast mich falsch verstanden. Die Truhe gehört nicht Jacqui. Sie gehört meinem tane. Ich bewahre sie für ihn auf!»

«Halt, langsam! Da komm ich nicht ganz mit! Jacqui ist doch dein Mann und ihr habt vier Kinder, oder etwa nicht?»

«Ja, aber nur drei meiner Kinder sind von ihm. Meine älteste Tochter, Purotu, die, die den Dekan von Faanui geheiratet hat, ist von meinem ersten tane, Mike. Er ist ein amerikanischer Militär, der während des Kriegs hier stationiert war. Seine Einheit war die "Seabees". Er war es, der mir die Truhe zur Aufbewahrung gab, bis er zurückkommt… Ich hab's ihm versprochen.»

«Moment mal. Willst du damit sagen, dass du einen amerikanischen tane hast? Dass er eines Tages zurückkommt und ihm die Truhe gehört? Für mich warst du immer nur Jacquis Frau. Sei mir nicht böse, ich will ja nicht allzu neugierig erscheinen, aber ich verstehe immer noch nicht ganz…»

Madame Dorita blieb einen Moment lang stumm, verlegen. Zum ersten Mal, seit ich auf dieser Insel lebte, gestattete ich mir, sie genauer anzusehen. Sie musste Ende fünfzig

sein, doch ihr langes Haar und ihr schlankgebliebener Körper ließen sie um einiges jünger erscheinen. Einige Fältchen
auf den Händen und im Gesicht verrieten ein Leben, das von
harter Arbeit, täglicher Sorge und dem tropischen Klima
nicht verschont geblieben war. Aber die noch immer har-
monischen Gesichtszüge deuteten darauf hin, dass sie einmal eine große Schönheit gewesen war. Und doch, im
Gegensatz zu vielen anderen schönen Frauen, besonders
denen, die wissen, dass sie schön sind, war Madame Dorita
bescheiden geblieben, beinahe schüchtern. Das war der
Grund, warum diese Frau — Dame wäre wohl passender —
die ich mehrfach in der Woche sah, nie mein Interesse geweckt hatte. Bis heute war sie mir immer gleichsam als Teil
der Insellandschaft erschienen, so wie die Lagune oder die
Berge. Während ich noch Schuldgefühle deswegen hatte,
dass ich so einer bemerkenswerten Person bisher nicht mehr
Beachtung geschenkt hatte, begann sie, mir ihre Geschichte
zu erzählen:

«Du weißt ja sicher, dass die Amerikaner fast vier
Jahre lang während des Zweiten Weltkriegs einen Marine-
stützpunkt auf Bora Bora hatten. Für uns Inselleute war das
ein fantastisches Ereignis. Eines Morgens kamen plötzlich
riesige Schiffe im Hafen an. Lastwägen, Jeeps, Häuser, Ka-
nonen, Rohre, Bulldozers, und Maschinen zur Stromerzeu-
gung wurden entladen, lauter Dinge, die wir noch nie
gesehen hatten. Und die Männer, die all dies erledigten,
waren fast alle jung und gutaussehend und sprachen die
Sprache unserer ersten Missionare. Die gesamte Bevölkerung war beeindruckt von dem Spektakel. Bald verwandelte
sich die Insel in eine nicht enden wollende Party.

Der Lehrer unserer Schule berief eine Versammlung mit
der Bevölkerung und den Militärleuten ein. Die Bewohner
einigten sich darauf, den Amerikanern soviel Land, wie sie
benötigten, zur Verfügung zu stellen, und die Amerikaner
versprachen im Gegenzug, den Landbesitzern alle Gebäude
und Gerätschaften zu überlassen, die nach ihrem Abzug

nach Kriegsende auf der Insel zurückbleiben würden.

Beinahe sofort arbeiteten alle Männer der Insel für das amerikanische Militär. Im Laufe der Jahre bauten die Amerikaner Anlegestellen, die Straße, die um die Insel führt, die Flugbahn auf dem motu (Lagunen-Inselchen). Sie installierten elektrische Leitungen und Wasserleitungen überall, sowie riesige Wasserbehälter und ein System zum Sammeln von Regenwasser in Faanui.

Die Insel wurde bald zu einer richtigen kleinen Stadt mir dreitausend Soldaten, einem Kraftwerk, fließendem Wasser und sogar einer Telefonzentrale. Um die Sicherheit und Geheimhaltung zu bewahren, waren wir vom Rest Polynesiens abgeriegelt. Uns fehlte es aber an nichts, weder an Essen noch an anderem; ganz im Gegenteil.

Obwohl es verboten war, nahmen viele Familien Soldaten in ihren Häusern auf, wie es eben in Polynesien üblich ist. Ich war noch sehr jung, als die Truppen hier ankamen, aber ich kann mich noch gut erinnern, wie die Soldaten mir hinterherpfiffen, wenn ich mit meinen Schwestern oder Freundinnen vorbeilief. Erst im letzten Jahr der Basis—ich war gerade sechzehn geworden—wurde ich Mikes Vahine… Du musst dir vorstellen, er war ein gutaussehender junger Mann, mit dichtem blonden, fast roten Haar, und er hatte viele Soldaten und Männer die unter seinem Kommando arbeiteten. Ihre Aufgabe war es, all die Militärgebäude auf der Insel instandzuhalten. Das Beste daran war, dass er einen Jeep besaß und in der Lage zu sein schien, alles zu bekommen, was er wollte. Er war freundlich, warmherzig, blieb, so oft es ihm möglich war, in meiner Nähe und versorgte meine Familie gut. Wir waren alle sehr glücklich.

Dann, eines Tages, schienen die Soldaten auf der Insel besorgt und nachdenklich. Sie sagten, die Amerikaner hätten soeben eine schreckliche Bombe über Japan abgeworfen, Tausende von Menschen seien getötet worden und der Krieg sei wohl sehr bald zu Ende.

Und tatsächlich, drei Wochen später wurde groß gefeiert.

Der Kampf war vorbei. Die Amerikaner hatten gewonnen. Die Japaner hatten aufgegeben. Aber im Dorf war man traurig, denn wir wussten sehr wohl, dass das bedeutete, dass das Militär nun bald abziehen würde.

Vier Monate später — zu der Zeit war ich im sechsten Monat schwanger — kam Mike zu mir, um mir mitzuteilen, dass seine Abfahrt von Bora Bora bevorstand. In zwei Tagen sollte er einen Frachter besteigen, der im Hafen bunkerte. Wir weinten beide sehr, doch er versprach mir, zurückzukehren, um mich und das Baby mitzunehmen. Er gab mir außerdem seine Werkzeugtruhe zur Aufbewahrung. Wir wollten sie, nach seiner Rückkehr, dazu benutzen, uns ein eigenes Haus zu bauen. Er zeigte mir wie man die Werkzeuge ölte, wie man die elektrischen Geräte in Wachspapier einwickelte, wie man die Holztruhe polierte und lackierte. Er sagte, ich solle dies einmal die Woche tun, sonst würde die Seeluft alles beschädigen und mit Rost belegen. Deswegen mache ich mich seit jenem Tag jeden Sonntag nach dem Kirchgang daran...»

Sie machte eine Pause und trank einen Schluck Kaffee.

«Einmal hab ich die Truhe fast verloren. Meine Tochter Purotu war gerade zur Welt gekommen, und die letzten amerikanischen Soldaten verließen die Insel mit Flugzeugen. Zur selben Zeit kamen neue Soldaten aus Tahiti mit einem Handelsschiff an. Ich glaube, es waren tahitianische Militärs, die sich die "Valmy Legion" nannten. Wir nannten sie "Blaumäntel", wegen der Farbe ihrer Uniform. Sie suchten jedes einzelne Haus auf der Insel auf und konfiszierten alles, was die Amerikaner den Familien überlassen hatten. Mein Vater rannte den ganzen Weg von Vaitape zu uns nach Hause, um uns vorzuwarnen. Während meine Mutter auf das Baby aufpasste, schaffte ich die Truhe, mit der Hilfe meines älteren Bruders, in die Berge hinauf. Wir zogen sie ganz hinauf bis an die Klippe und versteckten sie in einer der Höhlen, in denen unsere Vorfahren die Schädel und Knochen der Toten verstaut hatten. Das war auch gut so, wie sich herausstellte, denn als die Soldaten aus Tahiti ins Haus kamen, nahmen sie alles mit, was Mike und die anderen Soldaten uns als Geschenke überlassen hatten — sogar die Gabeln und Löffel. Bald darauf kam ein Offizier und konfiszierte alle Dollarnoten. Die Soldaten bauten sogar die "Quonset Hütten" ab, du weißt ja, dieses halbmondförmige Militärgebäude, die ehemalige Werkstatt, die neben unserem Haus stand. Wir waren alle traurig und wütend, denn man hatte uns versprochen, dass wir die Ausrüstung der Amerikaner als Gegenleistung für die kostenlose Nutzung unseres Landes behalten dürften. Später erklärte uns der Priester, vielleicht hätten die Leute in Papeete dies aus Rache getan, dafür dass es auf Bora Bora während des Krieges an nichts fehlte, während nur wenige Boote in Tahiti einliefen und die Leute dort um Nahrung und das Allernötigste kämpfen mussten. Diese Plünderung auf Bora Bora muss wohl gut ein Jahr gedauert haben. Sie bauten sogar das Bewässerungssystem der Insel ab und die Stromleitungen, angefangen beim Telefonnetz.

Ich ließ die Truhe mindestens zwei Jahre lang in der Höhle. Sie war in Koprasäcke eingewickelt und unter ein paar Knochen versteckt. Trotzdem lief ich alle zwei Wochen hin und ölte das Werkzeug, heimlich, denn die Soldaten wussten, dass die Leute Dinge versteckt hielten und suchten noch immer die Insel ab. Weil die Höhlengegend aber tabu war, trauten sie sich nie dort hinauf. Sie hatten zu große Angst vor den Tupapau, den Ahnengeistern. Nur deswegen konnte ich Mikes Truhe behalten. Jetzt weißt du auch, warum bei vielen Älteren auf der Insel die Leute aus Papeete nicht allzu gern gesehen sind.»

Was für eine Geschichte! Ich konnte mir die Szenen sehr gut vorstellen, vor allem die Enttäuschung der Inselbewohner, als die tahitianischen Gesetzgeber die zuvor getroffene Vereinbarung nicht respektierten. Ich hatte Gerüchte darüber gehört was damals passiert war, aber die Bevölkerung von

Bora Bora spricht selten von diesen traurigen Tagen, ein Beweis dafür, wie verstört, hilflos, und auch verletzt sie sich damals gefühlt hatten. Wir blieben eine Weile still, dann brach ich das Schweigen:

«Und Mike? Kam er zurück? Hat er dir geschrieben?»

«Noch nicht, aber er wird bald kommen. Er hat es versprochen... und er ist ein guter Mensch, ein gerechter Mann. Er muss in einen anderen Krieg gezogen sein und noch keine Zeit gehabt haben. Aber ich warte auf ihn. Er kommt zurück, ich weiß es.»

«Und was ist mit Jacqui? Er weiß doch sicher von der Truhe und was sie für dich bedeutet, oder?»

«Natürlich! Eigentlich war Jacqui schon immer in mich verliebt. Er kannte Mike auch und nach seiner Abreise hat er mir den Hof gemacht. Ich ließ ihn abblitzen, denn ich war ja Mike versprochen. An meinem zweiundzwanzigsten Geburtstag beschloss er, mich ernsthaft daraufhin anzusprechen. Er erklärte mir, ich verschwende meine Jugend, ich solle mit ihm zusammenleben bis Mike zurückkäme, und dass er mich freigeben würde, sobald der Amerikaner zurückkäme. Ich dachte lange darüber nach. Meine Eltern kamen ins Alter, meine Tochter brauchte einen Vater, und auch ich brauchte einen Mann. Also nahm ich das Angebot an. Nach der Geburt meines dritten Kindes heirateten wir, um die Situation vor dem Gesetz gültig zu machen. Jacqui ist ein wunderbarer Mann. Er war immer ein sehr guter Vater für Purotu. Und so blieb es. Mike wird bald zurückkommen... und das weiß Jacqui.»

———

Acht Monate später, auf einem Zurückflug von Paris nach Tahiti, machte ich einen Zwischenstopp in Los Angeles. Nachdem ich dort meine diversen Einkäufe erledigt und einige wenige Freunde besucht hatte, ergab es sich, dass ich ein paar freie Tage bis zum nächsten Flug nach Tahiti hatte.

Madame Doritas Geschichte kam mir immer wieder in den Sinn. Schöne Liebesgeschichten sind selten genug heutzutage, man darf ihre Bedeutung nicht unterschätzen, und diese stand einer griechischen Tragödie in nichts nach. Daher beschloss ich, der Veteranenbehörde der Armee einen Besuch abzustatten.

Dort begrüßte mich eine junge Dame mit übertrieben hochfrisiertem kastanienbraunem Haar. Ich sagte ihr, ich suchte nach der Adresse eines Michael Shay, eines US-Marineingenieurs der "Seabees", der für technische Instandhaltung zuständig gewesen war und der von 1944 bis 1945 auf der Insel Bora Bora stationiert gewesen war. Die Dame fragte nach dem Grund des Suchantrags und berief sich auf das Recht zur Wahrung der Privatsphäre, das nun Teil der Verfassung war. In der Annahme, sie sei romantisch veranlagt, erzählte ich ihr einfach Madame Doritas Geschichte mitsamt ihren herzzerreißenden Einzelheiten. Ich schilderte die Ereignisse so dramatisch, dass die junge Frau sogar zu schluchzen begann, was das perfekte Gleichgewicht ihrer komplizierten Frisur in Gefahr brachte. Nachdem ich ihr Dokumente gezeigt hatte, die bewiesen, dass ich tatsächlich auf der kleinen, verlorenen Insel im Südpazifik wohnte, ließ sie sich schließlich darauf ein, ein paar verschlüsselte Zahlen in die Tasten eines Computers zu tippen. In weniger als drei Minuten — wie effizient doch die Welt in Zeiten von Big Brother geworden war! — kam sie mit zwei Seiten bedruckten Papiers zurück und reichte sie mir, nicht ohne mir das Versprechen abzunehmen, sie anzurufen, um sie über den Ausgang dieser erstaunlichen und bewegenden Liebesgeschichte zu informieren. Nach einem letzten Blick auf die Papiere, flüsterte sie mir zum Abschied zu:

«Aber zerstören Sie mir damit keine Ehe! Versprochen?»

Die Information auf dem Ausdruck war ausführlich. Michael Shay war Ende 1946 nach einer letzten, sechsmonatigen Verpflichtung mit den US-Besatzungstruppen in Nagoya, Japan, aus der Marine entlassen worden. Da er nie an direktem Kampf beteiligt gewesen war, war er unverletzt aus seiner Dienstzeit zurückgekehrt. Nach seiner ehrenhaften Entlassung aus dem Militär hatte er einen Kredit für Veteranen beantragt, um auf der University of California in San Diego drei Jahre Ingenieurswesen zu studieren. 1951 heiratete er eine gewisse Suzanne North aus Albuquerque, New Mexico. Aus dieser Ehe wurden zwei Kinder geboren, ein Mädchen, 1951, und ein Junge, 1954. Seitdem hatte er durchgehend in Rio Minas gewohnt, einer kleinen Stadt 35 Meilen nördlich von Santa Fe, New Mexico. Sogar Mikes Telefonnummer war ganz unten auf der Seite angegeben.

Ich rief ihn noch am selben Abend an. Ich gab vor, ein Geschichtsforscher zu sein, der den Krieg im Pazifik studierte und sich auf amerikanische Überseestützpunkte spezialisierte. Er erklärte sich bereit, mich zu treffen und beschrieb, wie ich sein Büro finden würde.

So bestieg ich am nächsten Morgen das erste Flugzeug nach Santa Fe, mietete mir ein Auto und fuhr schon gegen elf Uhr morgens die Hauptstraße von Rio Minas entlang, einem Zweitausend-Seelen-Städtchen, dass in der Wüstensonne dahinbriet. Es schien nur aus einer Straße von etwa einer halben Meile zu bestehen, die von Läden gesäumt war und Eisenbahngeleisen mit einer kleinen Bahnstation und kahlen Hügeln im Hintergrund. Die meisten Gebäude stammten aus den Vierziger und Fünfziger Jahren, als wäre der Ort im Zuge eines Booms entstanden. Die Hügel und Täler dieses Landstrichs waren so unfruchtbar, dass man jedem verzeihen könnte, der meint, Gott habe es in der Schöpfungsgeschichte versäumt, diese Gegend mit Bäumen zu versehen. Jedes Geschäft entlang der Straße hatte Pfähle, an die man sein Pferd anbinden konnte, aber heute prägten große Pickups, die von gestiefelten Cowboys gefahren wurden, das Bild. Mehr als die Hälfte der Läden an der Hauptstraße waren entweder Saloons oder Restaurants. Fettige Hamburger, Abzugsdunst und Wüstensand ergaben den Duft der Stadt. Man spürte augenblicklich, dass man im amerikanischen Südwesten war, mit allem was dazugehörte. Indianer, Mexikaner und ein paar Schwarze, die nördlich der Eisenbahnstrecke wohnten, und anglo (weiße), die auf der anderen Seite wohnten, wie es damals Gesetz war. Washington, seine Bürgerrechte und Gleichberechtigungsgesetze waren weit, weit fort und das Wort "liberal" war bestimmt auch noch immer ein Schimpfwort hier. Ein Fremder galt natürlich als verdächtig, ja sogar als schlechtes Vorzeichen. Gemessen an den gerunzelten Stirnen auf den Gesichtern der trägen Männer in Stiefeln und Stetson Hut, die tatenlos im Schatten der kleinen Verandas vor den Läden herumsaßen und mir mit dem Blick folgten, konnte man sich gut vorstellen, dass so einige Traditionen des Südwestens hier sehr wohl noch gültig waren. Alles roch geradezu nach Wildem Westen und Hinterwäldlern...

"Shay & Son, General Contractors" [Baubetrieb], war ein einstöckiges Gebäude am Ende des Städtchens, im Stil identisch mit allen anderen Gebäuden der staubigen Hauptstraße. Zwei große Klimaanlagegeräte waren an den Fensteröffnungen befestigt und brummten und tropften wie zwei prähistorische Insekten. Ein Lincoln Continental und zwei Pickups, an deren Rückscheiben Gewehre hingen, waren vor dem Eingang geparkt. Ein Ochsenschädel mit zwei riesigen Hörnern prunkte über der Tür. Von außen gesehen wirkte das Geschäft, als hätte es seine besten Zeiten bereits hinter sich. Die Ressourcen des Ortes waren die paar Rinder und der nahegelegene Uranbergbau. Das Baugeschäft war eng mit der wirtschaftlichen Blüte der atomaren Mineralindustrie verknüpft. Die Anti-Atomkraft-Kampagnen der Siebzigerjahre schienen hohe wirtschaftliche Schäden in der Gegend hinterlassen zu haben; ein Grund mehr dafür, dass die Stadt inmitten diesem waffenschwenkenden Macholand einen bärtigen, langhaarigen Hippie nicht gerade warmherzig willkommen heißen würde. Ich schickte ein Stoßgebet zum Himmel und dankte Gott, dass ich noch rechtzeitig den Friseur aufgesucht hatte.

In das Büro von "Shay & Son" kam man durch das Sekretariat. Rechts saß eine lächelnde Dame mittleren Alters, wahrscheinlich die Buchhalterin, und links saß eine zierliche Blondine, Mitte dreißig mit extremem Platinum Haar, künstlich gefärbt natürlich. Ihr Körper hatte die Form einer Birne, jedoch in einer Art, wie ich sie kaum je gesehen hatte: Ihr Oberköper war winzig aber ihre Hüften waren enorm ausladend. Am Ende des großen Raumes, der mit Aktenschränken, Kaffeemaschinen, Schreibtischen und einem Kopierer vollgestellt war, gab es eine Art Glaskäfig: Das Büro des Chefs.

Endlich hatte ich Mike vor mir, diesen wunderbaren Ex-Marine-Sergeanten, auf den Madame Dorita seit Jahrzehnten wartet. Dieser war inzwischen ein recht untersetzter Mann, beinahe kahl mit nur wenigen grauen Haaren an beiden Seiten des Schädels, aber er wirkte kräftig und heiter. Er begrüßte mich mit einem starken südlichen Einschlag, wie man ihn in Texas hört. Er trug die unvermeidlichen Cowboystiefel, ein schönes, weißes mexikanisches Hemd und statt Krawatte, ein Lederband, das von einer silbernen Dollarmünze zusammengehalten wurde. Mit Herzlichkeit und Respekt hieß er mich willkommen, sicherlich beeindruckt von den erfundenen Titeln, die ich ihm am Telefon vorgegeben hatte. Er war ganz offensichtlich eine ehrbare Persönlichkeit dieser kleinen Stadt, eine Stütze dieser krankenden Gemeinde.

Ich merkte sofort, dass er reden wollte. Wie die meisten Männer seiner Generation liebte er es ganz offensichtlich, ausführlich von "seinem" Krieg zu erzählen, der auch noch in seiner Jugendzeit war. Er hatte nach unserem Telefongespräch am Abend zuvor, einige Dokumente vorbereitet —

seine Militärbeweise und ein paar Fotos — aber diese zeigten ausschließlich Gruppen von Männern in Uniform und waren alle zur Zeit der Besatzung in Japan aufgenommen. Nicht ein einziges Foto aus Bora Bora war darunter. Beeindruckt von dem weiten Weg, den ich auf mich genommen hatte, um ihn zu treffen, lud er mich zum Mittagessen in ein Restaurant im Nachbarort ein, wo man, wie er mir erklärte, ein "richtiges Steak serviert bekommt". Wir fuhren in seinem klimaanlagegekühlten Lincoln Continental hin. Es waren zwanzig Meilen bis zum besagten Lokal, einem teuren Steakhouse im Westernstil dekoriert, mit Ochsenhörnern über der Tür, Satteln, Seilen, einem mechanischen Stier und der üblichen, überzogenen Cowboyausstattung im Lokal. Als wir uns durch unsere Steaks arbeiteten, die die Größe von Toilettendeckeln hatten, sprach Mike in aller Ruhe von seinen Abenteuern und Erlebnissen zur Kriegszeit. Ich ließ ihn erzählen und gab vor, mir Notizen zu machen. Ich fragte ihn am meisten zu seinem Aufenthalt auf Bora Bora. Er war ein begabter Beobachter, sehr detailgenau, und so offenbarte er mir eine Menge unbekannter Tatsachen, genaue Informationen zur Operation des Marinestützpunkts, die zum Teil auch in direktem Gegensatz standen zu den Geschichten, die die Inselbewohner heute über diese Zeit erzählen. Er redete zwei Stunden lang, zwei lange Stunden gefüllt mit Einzelheiten und Anekdoten vom Militärleben auf den Südseeinseln. Madame Dorita erwähnte er jedoch mit keinem Wort. Die einzige Frau, von der er überhaupt sprach, war Eleanor Roosevelt, die Frau des amerikanischen Präsidenten, die einmal auf dem Rückweg von Australien und Neuseeland auf Bora Bora für einen Besuch der Basis zwischenlandete.

Ich fand Mike intelligent und sehr im Einklang mit seiner Umgebung des amerikanischen Südwestens: Er übertrieb manchmal ein wenig in seinen Geschichten. Aber das ist wohl eine Angewohnheit der dortigen Bewohner. Nach dem Nachtisch — riesigen Eisportionen — wagte ich es, meine kleine Frage zu stellen:

«Und wie war es mit den Bora Bora Vahine? Was lief mit ihnen?»

Es sah mir eine Weile gerade in die Augen. Mein Gesichtsausdruck blieb jedoch undurchdringlich. Dann sah er sich im Raum um, um sicherzugehen, dass ihn niemand hörte, lehnte sich zu mir und flüsterte beinahe:

«Nun, Sir, ich wusste genau, dass sie mir diese Frage stellen würden. Viele Leute waren ganz neugierig auf diese Dinge, vor gut vierzig Jahren, als der Film South Pacific groß rauskam... Ihnen werde ich die Wahrheit sagen. Ich muss zugeben, sie sind tatsächlich der Erste, der das hier hört, aber ich muss es einmal gestehen. Es muss aber ein Geheimnis zwischen uns bleiben... Sie und ich, wir sind ja wahre Gentlemen, ihnen kann ich ja trauen.»

Wieder blickte er sich kurz im Raum um.

«Ja, allerdings! Ich hatte eins dieser kleinen Inselmädchen dort. Ganz'ne Süße. Ebenso ein japanisches Mädchen, später in Nagoya. Die waren nett, richtig nett, muss ich zugeben... Sie müssen verstehen, sogar wir Männer von hier unten im Süden finden manchmal farbige Frauen anziehend, vor allem wenn sonst nichts anderes in der Nähe ist... Sie verstehen doch, oder...?»

Mit einem breiten Grinsen zwinkerte er mir zu und begann laut zu lachen, vielleicht vor lauter Erleichterung, dass er dies endlich jemandem beichten konnte.

Mike hatte Recht in der Annahme, dass er mir vertrauen konnte. Ich erzählte niemandem je von meiner Reise nach New Mexico.

Und, soweit ich weiß, ölt und poliert Madame Dorita weiterhin wie eh und je nach dem Kirchgang Mikes Werkzeug in der großen, prächtigen US-Marinetruhe.

Anmerkung: *Angaben des Militärs zufolge waren während des Zweiten Weltkriegs zu verschiedenen Zeiten insgesamt um die 4400 amerikanische G.I.s auf Bora Bora stationiert. Örtlichen An-*

gaben zufolge zeugten sie 132 Kinder mit Frauen von Bora Bora. Nur ein einziger dieser Soldaten, ein Funker, kam zurück zu seiner Vahine und heiratete sie. Das war eine wahre Heldentat, denn mit Hilfe von strengen Visumsgesetzen, die bis in die späten Fünfzigerjahre galten, hatten die amerikanischen und französischen Behörden verhindert, dass ehemaliges US-Militärpersonal auf die Insel zurückkehren konnte.

Eine tropisch-exotische Gefährtin

Marcelline ist, wie man auf Tahiti zu sagen pflegt, eine Halbchinesin. Sie ist aus der Verbindung zwischen einer tahitianischen Mutter und einem chinesischen Vater hervorgegangen - eine ziemlich verbreitete Erscheinung auf unseren Inseln. Oft bringt eine solche Mischung die zauberhaftesten Mädchen Polynesiens hervor.

Geboren wurde sie in Faanui, einem kleinen Fischerdorf, das in der großen Bucht an der Westküste von Bora Bora liegt. Ihre Mutter gab ihr den Namen Marcelline, denn so hieß die Frau des französischen Gendarmen, der damals auf dieses Eiland am Ende der Welt versetzt worden war. Dieser Vorname war den Insulanern so gut wie unbekannt, und die Tahitianer mögen alles, was neu ist.

Der Beamtengattin brachte dieser Name allerdings wenig Glück. Keine sechs Monate nach ihrer Ankunft auf Bora Bora bestieg sie wieder das Fährschiff nach Papeete, um eiligst

nach Frankreich zurückzureisen. Sie hatte vor der Konkur-
renz der jungen Insulanerinnen kapituliert. Unter dem Vor-
wand, sie vertrage das heiße Klima nicht, packte sie ihre
Koffer und reiste ab, um nicht zusehen zu müssen, wie ihr
Mann immer mehr den Reizen der lokalen Schönheiten erlag.
So zog sie es vor, aus der Not eine Tugend zu machen: Sie
würde die zwei Jahre bis zum Ende der Dienstverpflichtung
ihres Ehemannes geruhsam im Mutterland verbringen, diese
Zeit sozusagen als Ferien betrachten und sich ab und zu einen
Liebhaber nehmen, gerade so viele wie nötig, um sich für die
Demütigungen zu rächen, die sie sechs Monate lang erlitten
hatte.

Auf einer kleinen Insel wie Bora Bora erfährt man schließlich alles. Nicht, dass die Einheimischen gehässig zu ihr gewesen wären, nein. Sie hatte nur allzu oft Worte wie: «0 je, die
kann einem ja leid tun!» gehört, wenn sie an gewissen Damen
der Insel vorbeigegangen war.

So verließ die Frau des Gendarmen unauffällig und für
immer die kleine, sonnige Insel, ohne erfahren zu haben, was
der wirkliche Grund für die Avancen der Inselschönheiten gegenüber ihrem Gatten gewesen war. Denn dieser war weder
eine stattliche Erscheinung noch ein besonders flotter Hengst.
Es war etwas anderes: Gleich nach ihrer Ankunft hatte sich die
Beamtengattin besonders herablassend und geringschätzig gegenüber den Einwohnern der kleinen Siedlung benommen. In
ihrem Stolz gekränkt, hatten diese darauf die einzige, aber
sehr wirksame Waffe eingesetzt, die sie besaßen, um ihre
Würde zu wahren und die Kontrolle zu behalten: den Liebreiz
ihrer Töchter.

Der Frau des Gendarmen blieb schließlich nichts weiter
übrig, als abzureisen. Ihr Mann hingegen wurde integriert.
Selbst die oberste Dienststelle gab sich mit dieser Entwicklung der Dinge zufrieden, denn ihr Vertreter vor Ort konnte
nunmehr seine Schäferstündchen dazu nutzen, die kleinen-

Geheimnisse der Inselbewohner in Erfahrung zu bringen. Damit war die gute alte Ordnung wiederhergestellt, und die Insel konnte wieder in ihren gewohnten tropischen Trott verfallen.

Doch zurück zur anderen Marcelline, zu unserer Halbchinesin. Siebzehn Jahre nach der plötzlichen Abreise ihrer Namensvetterin war sie zu einem prächtigen jungen Mädchen herangewachsen, das mit langem, wehendem Haar im Passatwind langsam die Ringstraße entlang radelte, jene Straße, die wie ein Band von weißem Korallensand um die Hauptinsel herumführt.

Marcelline war ein Mädchen von außergewöhnlicher Schönheit. Von ihrer tahitianischen Mutter hatte sie den sehnigen Körper, die schlanken Hüften der Maori und vor allem den sehr langen Hals; sie stammte aus einer jener wenigen polynesischen Familien, deren Angehörige einen Halswirbel mehr haben als andere Sterbliche, was in der Welt wohl einmalig ist. Dieser lange Hals verlieh Marcelline einen ganz besonderen Liebreiz und brachte wieder weibliche Harmonie in ihre fast maskuline Gestalt. Zu erwähnen wären noch der hohe, stolze Busen eines jungen Mädchens, das noch nicht gestillt hat - Pampelmusen, wie man hier sagt -, sowie ihre mandelförmigen Augen und das glatte, pechschwarze Haar, das sie vom chinesischen Vater geerbt hatte. Mit ihrer großen Ausgeglichenheit und ihrer unbekümmerten Heiterkeit war diese Marcelline alles in allem eine äußerst anziehende Vertreterin ihres Geschlechts.

Damals arbeitete sie im "Taina", einer etwas ältlichen Hotelanlage unweit von Vaitape, einem Dorf, das gleichzeitig das «Zentrum» von Bora Bora ist. Das Hotel bestand aus fünfzehn kleinen, mit Pandanus (Schraubenbaum) Blättern bedeckten Bungalows und einem Restaurant mit Bar am Ufer der Lagune.

Marcelline war dort so etwas wie Mädchen für alles — Hausarbeit, Bedienung, Empfang—, wie die anderen Ange-

stellten auch, denn die jungen Mädchen hier müssen vielsei-
tig sein und alles können, wie alle Bewohner unserer entlegenen Inseln, auf denen man sich den Luxus einer
Fachausbildung mit Diplom nicht leisten kann. Marcelline
mochte ihre Arbeit im Hotel. Maïte, die älteste Angestellte,
hatte sie ausgebildet und sie gelehrt, wie man mit den Gästen
spricht, mit den Touristen vor allem. Die anderen Mädchen
waren ebenso umgänglich und freundlich. Das Personal des
Hotels war im Grunde eine fröhliche Clique miteinander be-
freundeter Mädchen, die lachend ihre Arbeit verrichteten. Ihr
Chef Benoit - Direktor, Installateur und Mechaniker in einer
Person - hatte selber mit dem Dieselgenerator alle Hände voll
zu tun und überließ es deshalb den jungen Frauen, das Hotel
ganz auf ihre Weise zu führen. Was sie mit sehr viel Anmut,
mit Verstand und ganz nach ihrem Rhythmus erledigten, wo-
durch das Hotel bald in ganz Polynesien den Ruf genoss, eine
Stätte sanfter Erholung und unverfälschter Lebensart zu sein.

Rein instinktiv war es ihnen gelungen, eine kleine Welt zu
schaffen, die sich im Gleichklang mit dem leisen Plätschern
der tropischen Lagune befand und genau das Ambiente hatte,
das der Tourist in einem kleinen Inselhotel zu finden wünscht.
Jede freie Minute wurde von den Mädchen genutzt, um das
Hotel mit Blumen und frischen Palmwedeln zu schmücken,
die Räume auszufegen, den Sand am Strand glatt zu harken.
Das Hotel war gewissermaßen ihr Zuhause. Sie widmeten
ihm ihr ganze Zeit, Tag für Tag, Woche für Woche. Es wäre
ihnen nie in den Sinn gekommen, die geleisteten Stunden zu
zählen oder über Beginn und Ende der Arbeitszeit Buch zu
führen. Hier waren sie glücklich und zufrieden. Mehr ver-
langten sie nicht.
Nach dem Frühstücksdienst versammelten sich alle Mädchen um einen langen Tisch im hinteren Teil eines Neben-
raums und ließen sich ihren Kaffee in den großen weiten
Tassen schmecken. Das war der geheiligte Augenblick des
Tages, die Plauderstunde, zu der die Mädchen die in Tahiti

üblichen selbstgedrehten kleinen Zigaretten rauchten. Es
wurde getratscht und geklatscht und alles durchgehechelt,
was sich so ereignet hatte, auf Tahitianisch natürlich und mit
viel Lachen. Die Gäste wurden der Reihe nach unter die Lupe
genommen und eingestuft. So versuchten sie zum Beispiel,
sich vorzustellen, wie das Pärchen von Bungalow 5 es
schaffte, miteinander Liebe zu machen, wo er doch so klein
und dick und sie so groß und dünn war ... Oder sie rätselten,
ob der Gast von Nummer 2 schüchtern oder schwul sei. Das
alles geschah unter lautem Gelächter, aber niemals in böser
Absicht.

An einem Junimorgen im beginnenden Winter der südlichen
Halbkugel meldete sich ein einzelner Gast an der Rezeption
dieses von Frauen geführten Hotels, setzte seinen Koffer ab
und trug sich völlig arglos in das Fremdenbuch ein. Er ahnte
nicht, dass dies sein Leben von Grund auf ändern wird.

Er hieß Horst Werner, war Deutscher und stammte aus
Köln. Damals hatte er die Vierzig schon überschritten, war
ziemlich groß, stämmig, aber nicht dick, und er pflegte eine
gewisse Eleganz, die von einem verfeinerten Lebensstil
zeugte. Er hatte noch schönes, dichtes, dunkelblondes Haar,
doch seine etwas gebogene Nase und die sehr buschigen Au-
genbrauen verliehen ihm eine gewisse Strenge. Kein schöner, aber sicher ein gutaussehender Mann, der Ruhe und
Sicherheit ausstrahlte.

Horst gehörte ganz offensichtlich zur "zweiten Kategorie
Männer". Die internationale Männerwelt lässt sich nämlich
in drei Gruppen einteilen:

Die erste ist die der jungen Männer, die ihre Eroberungen
unter der holden Weiblichkeit durch den «Schock»-Effekt erzielen, dass heißt, durch die unmittelbare Wirkung ihrer ju-
gendlichen Frische und Kraft.

Zur zweiten Gruppe gehören die Fünfunddreißig bis Fünfzigjährigen, die durch ihren «Schick» bei den Frauen an-

kommen, ihnen also durch Eleganz imponieren, durch eine Mischung aus sehr teurer Kleidung und selbstsicherem Auftreten.

Die dritte Gruppe umfasst die über fünfzigjährigen Männer, die meist nur noch ein einziges Eisen im Feuer haben, um etwas Abwechslung in ihren erotischen Speisezettel zu bringen: den «Scheck».

Schock, Schick und Scheck klingt gut und lässt sich in allen Sprachen der Welt ausdrücken.

Horst hatte es in seinem Leben zu etwas gebracht, und dies trotz einer durch die Schrecknisse des Krieges überschatteten Jugend, und obwohl er die Nachkriegszeit als Vollwaise erlebte. Sein Vater war in Russland gefallen und seine Mutter bei einem der zahllosen Bombenangriffe auf die Industriezentren des Ruhrgebiets ums Leben gekommen.

Da er keine abgeschlossene Ausbildung hatte, fand er mit achtzehn Jahren gerade noch eine Anstellung in einer Fabrik für Toilettenpapier. Ein paar Jahre später tauchten in der amerikanischen Besatzungsarmee die ersten Papiertaschentücher auf. War es Intuition, oder lag es an der geistigen Beweglichkeit, die er sich bewahrt hatte, da ihm eine abstumpfende höhere Schulbildung erspart geblieben war? Jedenfalls gehörte Horst zu den ersten, die erkannten, dass die deutschen Frauen es sich einiges kosten lassen würden, keine Stofftaschentücher mehr waschen zu müssen, in denen die Bazillen munter weiterleben, und dass es die Grippe auch in Zukunft geben würde, ganz besonders in den strengen deutschen Wintern.

Viel Arbeit, viel Ausdauer, viel Wagemut und natürlich viel Glück hatten zur Folge, dass Horst zwanzig Jahre später an der Spitze eines Unternehmens stand, das mit fast dreißig Prozent Anteil den deutschen Markt für Papiertaschentücher beherrschte. Die allmähliche Öffnung des europäischen Marktes sorgte später für einen weiteren Boom der Konsumgüterindustrie und rief multinationale Gesellschaften auf den Plan.

Und so kam es, wie es kommen musste: Einer dieser Industriekolosse machte Horst ein ziemlich verlockendes Kaufangebot für sein noch voll expandierendes Unternehmen. Er ging darauf ein und befand sich im Alter von vierzig Jahren plötzlich in der Lage eines Frührentners, der für den Rest seines Lebens ausgesorgt hatte.

Befreit von der Last seiner Geschäfte und von der Notwendigkeit, täglich arbeiten zu müssen, beschloss Horst eines Tages, sich eine Frau zu suchen, mit der er die neugewonnene Freiheit teilen konnte.

Er begann seine Suche in Deutschland, und es wurden ihm bald von seinen Freunden viele und sehr verschiedene Damen vorgestellt: Intellektuelle, Töchter aus gutbürgerlichem Haus, perfekte Hausfrauen, sogar hochmütige Aristokratinnen. Doch alle diese Vermittlungsversuche schlugen fehl. Obwohl die umworbenen Damen sich, nachdem sie über den Umfang des Vermögens von Horst in Kenntnis gesetzt worden waren, redlich Mühe gaben, machten sie alle den einen Fehler, korrigierend in sein Leben eingreifen zu wollen, sobald sie glaubten, sie hätten das Herz des Mannes erobert. Sie übernahmen das Kommando und führten ihre Routine ein. Aber Horst, der seit seiner frühen Jugend an ein selbständiges Leben gewöhnt war, konnte einen solchen Zustand nicht lange ertragen und beendete jedes Mal das Verhältnis. Keine dieser Frauen war wirklich klug genug, um ihren übertriebenen mütterlichen Instinkt oder ihre Herrschbegierde etwas zu zügeln, und so ging der deutschen Frauenwelt eine gute Partie für immer verloren. Denn nach so vielen Enttäuschungen beschloss Horst, seine Suche ins Ausland zu verlegen.

Reisen nach Thailand waren in jener Zeit im Land der Nibelungen gerade groß in Mode gekommen. Es ging nämlich das Gerücht um, dass die Frauen dieses Landes von einem unvergleichlichen Liebreiz, sehr weiblich, sehr sinnlich und äußerst fügsam seien. Freunde rieten ihm, doch einmal dorthin zu fliegen und sich die Sache aus der Nähe anzuschauen.

Die Reise nach Bangkok endete in einem regelrechten Debakel. Der Vietnamkrieg lag damals in seinen letzten Zügen.

Hunderttausende Soldaten auf Urlaub hatten es geschafft, eine wunderschöne asiatische Stadt voller Kultur und Traditionen in ein großes Freudenhaus zu verwandeln. Die Kaufkraft der Dollars, die die Angehörigen der amerikanischen, australischen und neuseeländischen Truppen in Vietnam als Sold erhielten, hatte die Wirtschaft dieses Agrarstaates von Grund auf geändert. Während der kurzen Atempausen, in denen die GIs der Hölle des Dschungelkriegs gegen den Vietcong entflohen, stürzten sie sich in einen apokalyptischen Rausch und gaben dabei ihr Geld mit vollen Händen aus.

Ein einigermaßen gutaussehendes Mädchen konnte damals in einer einzigen Nacht, die sie mit einem Soldaten verbrachte, mehr verdienen als ein Bauer in sechs Monaten schwerer Feldarbeit. So kam es, dass sich die Straßen Bangkoks mit unzähligen jungen Mädchen bevölkerten, die ihre Reize gegen harte Devisen feilboten. Darüber hinaus trugen die zahlreichen Charterflüge aus Europa in diese neue Hauptstadt der käuflichen Liebe dazu bei, den Trend noch zu verstärken. Und so kam es, dass bald jeder weiße Mann, der allein durch die Straßen von Bangkok schlenderte, als potentieller Kunde betrachtet wurde. Das Leben der Stadt schien nunmehr ganz im Zeichen dieses neuen Wirtschaftszweigs zu stehen, und es blühte das uralte Gewerbe mit allen seinen Auswüchsen.

Bald konnten ehrbare junge Mädchen sich nicht mehr allein auf die Straße wagen - und wurden damit unerreichbar.

Horst, der ganz im Sinne der moralischen Strenge und Rechtschaffenheit des deutschen Kleinbürgerturns erzogen worden war, verspürte sofort einen starken Widerwillen und eine tiefe Verachtung für dieses schmutzige Treiben. Die Sache an sich war ihm schlichtweg zuwider. Schon der Gedanke, sich in einem thailändische «Massagehaus" bedienen zu lassen, bereitete ihm die größten Gewissensbisse. Wie so viele Deutsche seiner Generation war er in moralischen Dingen höchst unduldsam und absolut unnachsichtig. In allen wichtigen Dingen des Lebens und jedem Menschen gegenüber legte er die unerbittlichen Maßstäbe einer Moral an, wie sie an den Ufern des Rheins galt. Dass die Prostitution für die meisten dieser jungen Mädchen vielleicht die einzige Alternative zu einem Leben in Elend und Not war, änderte nichts an seinem Urteil. Sitte und Anstand - das allein zählte. Hierin liegt wohl auch einer der Widersprüche dieser abendländischen Moral. Jemand, der die Achtung und das Vertrauen des weißen Mannes gewinnen will, muss sich auf die gleiche Weise schmücken wie er und vor allem jene Statussymbole vorweisen können, die von seinem materiellen Erfolg künden.

Das mag in den wohlhabenden Gesellschaften der Industrienationen vielleicht angehen, doch in der Dritten Welt sind diese Attribute eines «zivilisierten Menschen» nur wenigen Leuten aus den privilegierten Kreisen zugänglich.

Die explosionsartige Entwicklung der Massenmedien und die weltweite Verbreitung von Fernsehen und Video gehen mit einer maßlosen Verherrlichung des erfolgreichen Stadtmenschen einher, der glücklich und zufrieden zwischen seinem Mikrowellenherd, seinem Auto und seinem Computer hin und her pendelt. Die pausenlose Bombardierung der TV-Zuschauer aller geographischen Breiten mit amerikanischen oder europäischen Serien hat zur Herausbildung einer neuen, allgemeingültigen Werteskala geführt, die jedoch mit den Möglichkeiten der übervölkerten Dritten Welt völlig unvereinbar ist.

Die heranwachsenden Generationen empfinden immer weniger Achtung für ihre Eltern und für die Gemeinschaft, der sie angehören. Sie betrachten sie nur noch als Inbegriff des völligen sozialen Scheiterns.

Außerdem beschleunigt die globale Verbreitung der audiovisuellen Medien die Landflucht, zerstört die Grundlagen der traditionellen Landwirtschaft und schafft in den stetig wachsenden Slums der Großstädte ein neues Lumpenproletariat.

Die sittlichen und gesellschaftlichen Werte der Agrargemein-schaften sowie das kulturelle Gefüge in den tropischen Län-dern sind in ihrem Lebensnerv getroffen, denn mit der Einführung neuer, äußerst vergänglicher Normen werden die alten Wertmaßstäbe systematisch ausgelöscht.

Für die auf derart trügerische Wohlstandsmodelle fixierte junge Generation wird es zwangsläufig ein böses Erwachen geben, denn einen derart hohen Lebensstandard wird sie nie-mals erlangen können. So erlebt die Dritte Welt immer häu-figer schwere soziale Unruhen aufgrund einer schwelenden Unzufriedenheit in der Bevölkerung, die von dieser durch die Medien trivialisierten Lebensweise für immer ausgeschlos-sen ist.

Die neuen islamisch-fundamentalistischen Bewegungen lehnen strikt sämtliche westlichen Werte ab und gewinnen damit immer mehr Anhänger unter der Jugend des mosle-misch geprägten Teils der Dritten Welt. Das ist jedoch nur eine erste Reaktion auf die um sich greifende Frustration. Ge-genwärtig sind sie die einzigen, die mit der Rückgewinnung jener Würde werben, welche durch die eitle Jagd nach Kon-sumgütern verlorenging.

Leider wandert die gebildete Elite dieser Länder immer zahlreicher aus, um in den Wohlstandsgesellschaften ihren Hunger auf materielle Güter zu stillen. Das kommt einem traurigen «Marshallplan» gleich, den die Dritte Welt den rei-chen, industrialisierten Ländern zum Geschenk macht. Mit der Flucht dieser Elite löst sich die kostspielige Ausbildung von leitenden Angestellten, Ärzten und Technikern nachge-rade in Rauch auf, und es zerrinnen all die Hoffnungen auf eine bessere Zukunft in den unterentwickelten Ländern.

Fernsehen und Video sind zu einer neuen Waffe der Kolo-nisierung geworden, weit mächtiger allerdings als ein Gat-ling-Maschinengewehr. Diese neue Situation ist geradezu empörend. Es ist so, als würde jemand in Gegenwart von hun-gernden Menschen Kaviar verspeisen und dazu Champagner trinken.

Die westliche Welt sollte sich über die langfristigen Folgen der Zurschaustellung ihres Luxus im Klaren sein. Die Notleidenden der Dritten Welt könnten eines Tages in die Versuchung kommen, die Schaufensterscheibe einzuschlagen und den vollen Laden zu plündern. Vielleicht ist es unter diesem Gesichtspunkt leichter zu verstehen, warum junge Mädchen in Bangkok und anderswo ihren Körper verkaufen, um einen Zipfel dieses Wohlstands zu ergattern.

Aber zu einer solchen Sicht der Dinge konnte sich Horst nicht durchringen. Er musste diese Mädchen verachten, obwohl sie im Grunde nur versuchten, es ihm gleichzutun, indem sie das einzige Gut, das sie besaßen - ihren Körper - einsetzten, um ihr ersehntes Ziel zu erreichen. Die Arroganz der Industrienationen ist zuweilen unlogisch und grausam.

Am Abend teilte Horst seine Entrüstung und tiefe Enttäuschung einem Australier mit, der sich an seinen Tisch im Coffee Shop des Hotels gesetzt hatte. Dieser hörte sich geduldig das Klagelied des Deutschen und auch die Beschreibung der idealen Frau an, die Horst suchte. Von so viel Gradlinigkeit und Anmaßung überwältigt, gab der Australier Horst den Rat, sein Glück in Manila zu versuchen, und versicherte ihm, dass er unter den philippinischen Frauen ganz gewiss ein Musterexemplar von Tugend, Schönheit und Ergebenheit finden werde, eine Frau also, die den hohen Ansprüchen eines Teutonen in jeder Hinsicht gerecht würde. Leider sah Horst das maliziöse Lächeln des Australiers nicht, als dieser ihm gute Reise und gutes Gelingen wünschte.

Drei Tage später entdeckte Horst in Manila eine ganz besondere Seite der modernen Welt, wie er sie niemals vermutet hätte.

Die philippinische Hauptstadt war zu einem internationalen Treffpunkt pädophiler Homosexueller geworden, und der größte Teil dieser sexuell Abnormen waren Landsleute von Horst. Fast überall in der pulsierenden und mit exotischen

Gerüchen angefüllten Stadt wurden ihm, sobald er seine Nationalität nannte, Knaben für ausschweifende Liebesspiele angeboten.

Noch nie in seinem Leben hatte er sich so geschämt. Voller Abscheu machte er die entsetzliche Entdeckung, dass seine Gesellschaft, die er für so vollkommen gehalten hatte, so viele verdorbene Menschen hervorgebracht hatte, die nun ans andere Ende der Welt reisten, um ihre abartigen Gelüste zu befriedigen. Die weite Entfernung deutete darauf hin, dass dies nicht allein das Privileg der unteren Gesellschaftsschichten war. Ganz im Gegenteil.

Sein Weltbild, das sich auf ein sicheres Gefühl der Überlegenheit und auf eine geradezu biblische Ethik gründete, hatte einen schweren Schlag erlitten. Er traute sich fortan nicht mehr aus dem Hotel. Vielleicht fürchtete er gar, einen Bekannten zu treffen. So verschanzte er sich in seinem Luxushotel und trank sich jeden Abend in der Bar einen Rausch an.

Auf diese Weise schloss er Freundschaft mit Boris, dem Barkeeper des «Excelsior Manila».

Boris war ein siebzigjähriger Mann mit schneeweißem Haar, der für sein Alter erstaunlich jung und schlank geblieben war. Er gehörte zu den letzten Überlebenden jener weißrussischen Flüchtlinge, die man früher im Fernen Osten von Schanghai bis Perth und von Singapur bis Hongkong überall antreffen konnte.

Wie ihre Leidensgenossen in Europa nährten diese vor dem Sowjetbolschewismus geflohenen Russen mehr als ein halbes Jahrhundert lang die Hoffnung, sie würden eines Tages die triumphale Rückkehr in ihr Mütterchen Russland erleben. Fünfzig Jahre lang träumten sie vom unaufhaltsamen und kurz bevorstehenden Zusammenbruch des kommunistischen Regimes. Fünfzig unendlich lange Jahre, die sie vor allem damit verbrachten, Komplotte zu schmieden und Schattenkabinette zu bilden.

In jeder Großstadt des Orients gab es damals mindestens ein Emigranten-Café mit seiner kaiserlichen Exilregierung. Und da die Rückkehr in die Heimat stets ganz gewiss im nächsten Jahr stattfinden würde, wurde jeder ernsthafte Versuch, sich zu integrieren oder ein dauerhaftes Geschäft zu gründen, als ein defätistischer Akt angesehen, als Verrat an der Emigrantengemeinschaft.

Das ist wohl auch der Grund, warum fast die Gesamtheit der in Russland ausgebildeten Elite ihre ganze Kraft in schlecht bezahlten Weißer-Mann-Jobs im Orient und in der Südsee vergeudete. Als Dolmetscher, Hotelhausmeister, Angestellte bei Banken und Seefahrtgesellschaften sowie Reiseführer lebten die meisten von ihnen in einer permanenten materiellen Bedürftigkeit und in einem nicht endenden Provisorium, von all den anderen sozialen Klassen dieser Länder verachtet, von Eingeborenen wie Europäern.

Im Endeffekt haben der Idealismus und die Hartnäckigkeit dieser entwurzelten Generation, die davon träumte, ihre Privilegien in einer für immer untergegangenen Feudalgesellschaft zurückzugewinnen, nur dazu gedient, eine geschichtliche Wahrheit erneut zu bestätigen: Die Vergeblichkeit und Unmöglichkeit einer Rückkehr der «guten alten Zeit». Boris hatte diese Diaspora von Anfang an miterlebt. Er war sogar einmal Außenminister seiner Exilregierung gewesen (jeder bekam die Möglichkeit, wenigstens einmal Minister zu sein; fünfzig Jahre sind eine lange Zeit). Seine häufigen Reisen, die er natürlich selbst finanzierte und die dazu dienten, die Kontakte zwischen den verschiedenen Emigrantengruppen aufrechtzuerhalten, haben ihm ein vielseitiges und bewegtes Leben beschert. Er war ein wandelndes Lexikon und kannte jede Stadt, jeden Hafen (und jede Bar) zwischen Colombo und San Francisco.

Boris wurde von Mitleid erfasst, als er sah, wie Horst seit zwei Tagen seinen Kummer im Alkohol zu ertränken versuchte. Er gesellte sich zu ihm und half ihm, ein paar Flaschen des vorzüglichen australischen Weins zu leeren. Besteht nicht die Hauptfunktion eines guten Barmanns darin, Beichtvater für jene armen Seelen zu sein, die sowohl die Gesellschaft als auch den Trost eines weltlichen Seelsorgers suchen?

Während die Stunden vergingen und die Flaschen sich leerten, hörte sich Boris das Lamento des Deutschen an. Dann nahm er sich die Zeit, eine weitere Flasche zu leeren, um besser nachdenken zu können. Schließlich beugte er sich zu Horst vor und fing an zu reden:

«Ich bin ein alter Mann, der fast alles gemacht hat, was man in einem Leben so machen kann. Ich bin viel herumgekommen. Ich habe mir fast alle venerischen und tropischen Krankheiten geholt. Ich bedaure nichts... nur eins vielleicht: dass ich nicht bei meiner Polynesierin geblieben bin. Die einzige Frau, die mir je wirklich Ruhe, Frieden und Glück geschenkt hat. Die einzige Frau, die den Menschen, der ich war, geachtet und geliebt hat ... Und dieser Mensch war in Wirklichkeit nur ein armer Schlucker, aber ein von Herzen guter Mensch. Sie war nicht wie diese weißen Frauen, die mit ihren Männern niemals zufrieden sind und die das, was sie an ihnen haben, erst zu schätzen wissen, wenn sie es verloren haben.»

Er nahm einen Schluck von dem teuren Wein.

«Das war auf den Tonga-Inseln. Dort habe ich vor zwanzig Jahren mit meiner Polynesierin gelebt. Sie hieß Salome wie die Königin. Das heißt Charlotte. Sie hatte einen wunderschönen Körper und lange, schwarze Haare bis zum Gesäß. Ein richtiges Gauguin Modell. Ihre Haarpracht war unsere einzige Decke, wenn die Nächte während des südlichen Winters etwas frischer wurden. Sie besaß die Ruhe und den Stolz der Polynesierinnen, den man kaum beschreiben kann. Man muss ihn erleben. Und dazu war sie fleißig und von einer peinlichen Sauberkeit wie alle Frauen ihres Volkes.

Damals fuhr ich als Superkargo auf der «Tiare Taporo», einem Schoner der Donald-Reederei. Wir beförderten Kopra, Perlmutt und Perlen zwischen Suva und Papeete. Eines Tages brach ich mir das Bein bei einem Sprung in den Laderaum. Zur Genesung ließ man mich in Vavau zurück, auf einer Insel der nördlichen Inselgruppe von Tonga; ich sollte dort warten, bis man mich wieder abholen würde. Das Schiff kam erst fünfzehn Monate später. Es waren fünfzehn glückliche Monate. Ich hätte dort bleiben sollen. Dann wäre ich heute irgendwo auf einer Insel mitten im großen Ozean von vielen Kindern und Enkelkindern umgeben.

Aber meine Kameraden hätten mir das nie verziehen. Sie hätten mich als Verräter angesehen, der sie im Stich ließ. Und heute sind sie alle tot. Ich bin einer der letzten - und bin nun ganz allein. Wirklich allein. Alleinsein wird erst richtig unerträglich, wenn man alt ist.»

Schluchzend brach Boris über der Theke zusammen, und nun war es an Horst, eine neue Flasche zu entkorken, um den anderen zu trösten. Boris nahm einen Schluck und fuhr dann schluchzend und hustend fort:

«Ich gebe dir einen Rat: Fahr zu den Tonga-Inseln (Schnief, schnief). Nimm dir Zeit (schnief). Lerne ihre Geduld ... lerne, die Schönheit der Dinge zu sehen, die Unschuld eines Lächelns ... die Güte der Leute (schnief, schnief). Suche nicht immer den Fehler bei den anderen, um dir zu beweisen, dass du besser bist (schnief, schnief). Und urteile nicht nach den Maßstäben, die man dir zu Hause eingetrichtert hat.»

Boris' Schluchzen wurde heftiger. Bei der Erinnerung an seine polynesische Vahine war er in jene Schwermut verfallen, die für die Russen so typisch ist.

Zehn Minuten später verstummte er. Erst als er anfing zu schnarchen, merkte Horst, dass er eingeschlafen war.

Horst brauchte acht Tage, um zu den Tonga-Inseln zu gelangen. Acht Tage, an denen er immer wieder auf seine Anschlussflüge in Port Moresby, Auckland, Nouméa, Nadi und Pago Pago wartete. Doch trotz all der Hotels, in denen er übernachten musste, trotz der vielen Fahrten auf staubigen Pisten, trotz der anstrengenden Kurzflüge hatte Horst dank der weinseligen Worte des alten Russen neue Hoffnung geschöpft. Tonga war für ihn zum gelobten Land geworden, das jeden Tag ein Stückchen näher rückte.

Das Schicksal bereitet uns zuweilen die erstaunlichsten, die unglaublichsten Überraschungen. Diese Erfahrung machte auch Horst, als er endlich auf Tonga landete, auf dieser Inselgruppe knapp unter dem Äquator dicht beim 180. Längengrad, der Linie des Datumswechsels. Hier führten knapp neunzigtausend Polynesier ihr bescheidenes Leben unter dem wohlwollenden Auge des dicken Königs Tupou IV., des letzten Sprosses eines alten Geschlechts von Kriegsfürsten.

Schon auf dem Flughafen spürte Horst, dass hier etwas Sonderbares vor sich ging. Als der Beamte der Einwanderungsbehörde seinen Pass sah, gab er ihm einen Zettel, auf dem eine Adresse stand und wiederholte mehrmals mit breitem Lächeln:

«Repatriierung, Repatriierung!»

Durch die Scheibe des Taxis, das ihn ins «Dateline Hotel» brachte, sah Horst ein paar staubige Straßen, die von großen Flamboyants gesäumt wurden und in der prallen tropischen Sonne lagen. Das war Nuku'alofa, die Hauptstadt der Tonga-Inseln.

Aber auf diesen Verkehrsadern tummelten sich auch Tausende von langhaarigen Burschen mit schmutzigen Bärten und Frauen in langen Kleidern. Alle Europäer. Manche saßen unter den riesigen Flamboyants, den Rücken gegen den Stamm gelehnt, neben sich eine Gitarre. Im Zentrum glaubte er dann eine große Zeltstadt zu sehen, direkt auf dem gepflegten Rasen vor dem Königspalast, einem Gebäude im viktorianischen Stil mit roten Dachziegeln.

Er fragte den Taxifahrer, wer denn diese Leute seien. Und der Mann antwortete etwas verlegen, das seien deutsche Hippies.

Die vollständige Erklärung dafür bekam er auf der Terrasse des Hotels, wo ihn ein paar junge Leute ansprachen, die ihn sofort als begüterten Landsmann erkannt hatten und sich gern von ihm einladen ließen.

Seine Majestät Tupou IV. hatte kurz zuvor mit der Bundes-republik Deutschland einen Freundschaftsvertrag abge-schlossen. Bei dieser Gelegenheit hatte er um eine kleine Zuwendung für sein armes Land gebeten; das sich vom Fisch-fang und Landbau ernährte. Da die deutsche Regierung das Inselreich Tonga viel größer wähnte, als es in Wirklichkeit ist, gewährte sie ihm eine Finanzspritze, die um vieles höher war als die Summe, welche sich der dicke König erhofft hatte. Von Dankbarkeit erfüllt hielt der so reich beschenkte Mon-arch eine lange Rede, in der er alle deutschen Bürger auf das herzlichste nach Tonga einlud. Diese Rede wurde von allen Fernsehanstalten übertragen und von allen Zeitungen abge-druckt. Seine königliche Hoheit hatte allerdings an Touristen gedacht; doch viele Deutsche, besonders jungen Leute aus al-ternativen Kreisen und aus dem Umfeld der Grünen, werte-ten seine Rede als eine Aufforderung, nach den Tonga-Inseln auszuwandern.

In den Kreisen friedens- und umweltbewegter Deutscher war damit ein Traum geboren - der Traum von menschenlee-ren Inseln, von sonnigen Stränden mit Kokospalmen, fernab von allen Kernkraftwerken und russischen Raketen und ohne sauren Regen. Manche von ihnen veräußerten auf der Stelle ihr Hab und Gut, ihre Wohnwagen, ihre makrobiotischen To-matenfelder und kauften sich ein Flugticket zu den Tonga-In-seln, wo der gute dicke König sie sicher schon ungeduldig erwartete. Ganze Wohngemeinschaften beschlossen gemein-sam in die Südsee auszuwandern.

Noch nie zuvor war eine Majestät so überrascht gewesen. Das kleine Inselreich wurde von einer Horde zotteliger, bär-tiger und weitgehend mitteloser Aussteiger regelrecht über-flutet. Obwohl hier eine tropische Hitze herrschte, fiel die Temperatur der tongaisch-deutschen Beziehungen auf den Gefrierpunkt. Ein deutscher Konsularagent kam eiligst aus Canberra angereist, um das bunte Völkchen mitsamt seinen Gitarren, greinenden Kindern und Hanfsamen zu repatriie-ren. Auch Horst beschloss, so bald wie möglich wieder abzureisen, denn alles Deutsche genoss in jenen Tagen kein besonders hohes Ansehen auf den Tonga-Inseln.

Als er wieder in Pago Pago war (ausgesprochen wie «Pango Pango») bestieg er das erste Flugzeug in Richtung Zentralpazifik. Und der Zufall wollte es, dass diese Maschine nach Tahiti flog.

Während der gesamten Dauer des vierstündigen Fluges hörte seine Nachbarin - eine alte Amerikanerin mit rosa gefärbtem Haar und schlechtem Mundgeruch - nicht auf, ihm vom Zauber der Insel Bora Bora und von der himmlischen Ruhe vorzuschwärmen, die ihn dort erwarte.

Horst war des vielen Reisens müde und durch seine zahlreichen Enttäuschungen seelisch erschöpft. Er wollte nur noch ein letztes Mal Station machen und sich ein wenig erholen, bevor er nach Deutschland zurückflog. Sein Vorhaben, in den Tropen nach einer Lebensgefährtin zu suchen, hatte er endgültig aufgegeben.

Aber das Schicksal brachte es mit sich, dass er am nächsten Tag seinen Koffer an der Rezeption des Taina-Hotels abstellte und die kleine Welt von Marcelline betrat.

Er schlief sich erst einmal aus, vierundzwanzig Stunden in einem Zug. Der "Mara'amu" war aufgekommen, ein frischer, trockener Wind von Süden, der ihm nach der feuchten Hitze von Pago Pago und Manila wirklich gut tat.

Die jungen Mädchen des Hotels blieben in den drei ersten Tagen auf Distanz. Sie bedienten ihn freundlich lächelnd, doch ohne ein Wort zu sagen. Horst verbrachte seine Zeit mit Lesen, mit Sonnenbädern und Fahrten rund um die Insel auf einem alten, rostigen Fahrrad.

Am vierten Tag fragte ihn Maïte schüchtern, wie lange er noch im Hotel bleiben wolle; sie müsse die Reservierungen vornehmen. In diesem Augenblick wurde sich Horst der Tatsache bewusst, dass er eine Insel des Friedens gefunden hatte. Er bat darum, zwei weitere Wochen bleiben zu dürfen.

Langsam erholte er sich vom Trauma seiner so erfolglosen langen Reise. Zum ersten mal in seinem Leben hatte er keine Pläne, keine Verabredungen, keine Verpflichtungen und keine Termine. Er hatte zu einem ihm bisher unbekannten Frieden gefunden. Und dies am anderen Ende der Welt.

Allmählich schenke er der kleinen Welt, in die ihn der Zufall verschlagen hatte, etwas mehr Aufmerksamkeit.

Er begann sich für die kleine Mädchenschar, die das Hotel führte, zu interessieren. Erst aus purer Neugierde, doch allmählich auch mit den Augen eines Mannes. Was er dabei sah, missfiel ihm keineswegs. Jede der fünf jungen Frauen war auf ihre Weise schön. Sie hatten alle ein heiteres und sonniges Gemüt, was an sich schon einen entscheidenden Teil der Schönheit ausmacht.

Als feststand, dass er noch eine Weile bleiben würde, begannen auch die Mädchen sich mehr für ihn zu interessieren. Sie suchten nun von sich aus das Gespräch, stellten Fragen, neckten ihn. Mit dem nötigen Respekt, versteht sich, aber von Mal zu Mal unbefangener und ohne falsche Bescheidenheit. Belustigt ging er auf ihre Spielchen ein.

Bald bemerkte er, dass er voll Ungeduld auf die Mahlzeiten wartete, auf jenen Augenblick, da die Mädchen ihr kleines Ballett um seinen Tisch veranstalteten. Er spürte, dass sie ihn angenommen hatten, und das freute ihn sehr.

In der ersten Zeit fühlte er sich mehr zu Maïte hingezogen, vielleicht, weil sie reifer war, selbstsicherer und ernster als die anderen Mädchen. Doch er ließ sich nichts anmerken, sondern flirtete mit allen fünf. Was diesem zunehmend Spaß machte.

Fünf Tage nach seiner Ankunft fühlte er sich völlig wohl in seiner neuen Umgebung und hatte sich bestens an den Rhythmus des Hotels gewöhnt.

Am darauffolgenden Samstagabend lud er die fröhliche Bande zum Tanz in den lokalen Nachtklub ein, ein großes Palmwedeln bedecktes Langhaus mit einer zur Lagune hin offenen Tanzfläche. Die tahitianische Musik wurde durch riesige Lautsprecher extrem verstärkt, aber das Fehlen von Wänden machte den Lärm erträglich und sorgte außerdem für eine gute Belüftung.

Erst stellten sie sich alle an die Bar, um einen Drink zu nehmen. Dann verstreuten sich die Mädchen im Saal und gesellten sich zu dieser oder jener Gruppe wo sie sich mit Freunden oder Freundinnen unterhielten. Bora Bora ist eine kleine Insel, auf der jeder jeden kennt. Horst setzte sich etwas abseits und ließ seine Blicke schweifen. Das Orchester verschwand fast hinter den gewaltigen Lautsprechern und der Verstärkeranlage. Bänke aus Kokosstämmen standen rund um die Tanzfläche herum, voll besetzt mit jungen Leuten, die ihr Getränk in der Hand hielten oder vor sich auf den Boden gestellt hatten.

Die Band spielte gerade einen Tamure, und es tanzten nur zwei Pärchen. Die jungen Mädchen sahen zauberhaft aus mit ihren um die Hüften gewundenen Pareus. Sie wiegten sich im Rhythmus der Trommeln, angefeuert durch das Händeklatschen und die Zurufe der Zuschauer. Horst bewunderte die Grazie ihrer Bewegungen und ließ sich allmählich von der rhythmischen Musik und der festlich exotischen Atmosphäre gefangen nehmen.

Ein paar Tänze später, als das Orchester gerade die ersten Takte eines Slowfox anstimmte, ging Horst auf Maïte zu und forderte sie zum Tanzen auf - so formvollendet, wie man das in Deutschland tut. Das heißt, er stellte sich sehr gerade vor sie hin, Arme und Hände an der Hosennaht, schlug die Hacken zusammen und machte eine tiefe Verbeugung. Das war sehr wirkungsvoll! Das Orchester hörte schlagartig auf zu spielen, und die Tänzer blieben mitten auf der Tanzfläche stehen, sogar die engumschlungenen Paare. Maïte blickte ihn mit großen Augen an, führte die Hand zum Mund und prustete los. Und er stand da vor ihr, betreten und völlig verwirrt. Da brach der ganze Saal in Lachen aus.

Schließlich fing das Orchester wieder zu spielen an. Horst stand noch immer mit rotem Kopf vor Maïte. Dann wurde es ihm doch zu peinlich, und während er zur Bar hinüberging, kam ihm der Gedanke, vielleicht gelte auf dieser Insel ein ungeschriebenes Gesetz, das Maïte das Tanzen verbot.

Er blieb lange an der Bar sitzen und trank zwei Gin-Tonic, um sich wieder Mut zu machen. Als er sah, dass Marcelline eine Weile allein saß, ging er auf sie zu und forderte sie zum Tanz auf. Auf die gleiche Art. Und die Wirkung war dieselbe wie beim ersten mal. Das Orchester hörte auf zu spielen, die Menge brach in Gelächter aus. Tief beschämt rannte Horst aus dem Tanzlokal. Er verstand die Welt nicht mehr. Hatte er sich denn nicht höflich und korrekt verhalten?

Es war ein trauriger und arg enttäuschter Mann, der sich auf den Heimweg zum Hotel machte. Der Halbmond spiegelte sich auf der glatten Fläche der Lagune und erhellte die Straße vor ihm ein wenig. Plötzlich hörte er hinter sich das Knattern eines Motorrollers, der kurz darauf auf seiner Höhe stehenblieb. Es war Marcelline.

«Steig auf!» sagte sie. Er folgte mechanisch ihrer Aufforderung. Sie gab Gas, und sie fuhren zehn Minuten durch die Nacht, ohne ein Wort zu sagen.

Plötzlich wurde sich Horst der Absurdität seiner Lage bewusst. Ein reifer, etwas verstörter Mann, auf der Straße von einem jungen Mädchen aufgelesen, deren lange im Wind flatternden Haare ihm ins Gesicht wehten. Die Welt stand Kopf.

Marcelline hielt irgendwo am Strand, ließ sich in den Sand nieder und blickte schweigend auf die Lagune. Horst setzte sich ebenfalls, doch in einem gewissen Abstand zu ihr. Sie fing an zu sprechen, entschuldigte sich für das Benehmen der anderen. Und sie erklärte ihm, dass man ein junges Mädchen zum Tanzen auffordert, indem man seine Hand ergreift und es einfach mit sich zieht. Dann schwieg sie wieder.

So blieben sie lange nebeneinander sitzen und blickten stumm auf die silbrig schimmernden kleinen Wellen der Lagune. Horst betrachtete Marcelline aus den Augenwinkeln. Und erst jetzt, in diesem Augenblick und im hellen Schein des Mondes, wurde ihm bewusst, dass neben ihm kein kindlich unbeschwertes Mädchen saß, sondern eine wunderschöne junge Frau.

Er blieb über zwei Monate auf Bora Bora, machte Marcelline den Hof, anfangs noch etwas verzagt, dann sehr viel mutiger, als er merkte, dass er ihr nicht gleichgültig war.

Sie hatte erkannt, dass er ein guter Mensch war, und sie kam ihm entgegen, ermutigt durch ihre Freundinnen, die sie eingeweiht hatte. Eine Woche nach dem Fiasko im Tanzlokal wurden sie ein Liebespaar. Und Horst verliebte sich bis über beide Ohren in die junge Frau.

So hielt er bald darauf um ihre Hand an und bat sie, mit ihm nach Deutschland zu kommen.

Sie erbat sich ein paar Tage Bedenkzeit, beriet sich mit ihrer Mutter und mit den anderen Mädchen. Dann gab sie ihm ihre Antwort:

«Ich will gern mit dir nach Europa kommen, aber Heiraten kommt im Augenblick nicht in Frage. Heiraten ist eine ernste Sache. Ich habe noch nie eine Reise gemacht, und meine Freundinnen sagen, ich solle die Chance nutzen. Also, warum nicht? Aber ein bisschen Angst habe ich schon, so lange von meinen Eltern und von meiner Insel weg zu sein. Du musst mir also versprechen, dass ich jederzeit zurück kann.»

Er versprach es ihr, obwohl er traurig darüber war, dass sie ihn nicht heiraten wollte.

Wie so viele empfindsame Männer litt Horst trotz seiner beachtlichen Erfolge im Geschäftsleben unter einer unerklärlichen Unsicherheit. Tief in seinem Inneren nagte ein quälender Zweifel an ihm. Seine deutschchristliche Moral verbot es ihm eigentlich, ohne Ehevertrag mit der jungen Frau zusammenzuleben. Es kam ihm wie ein Betrug vor. Marcelline zu heiraten hieß für ihn, bar zu bezahlen, sich korrekt zu verhalten.

Für Marcelline, die einer anderen Kultur angehörte, gab es andere Gründe. Die Ehe war für sie eine ernste Sache, ein von

Gott gesegneter Bund, der ein Leben lang halten sollte. Sie mochte Horst, denn er war nett und meinte es ernst, aber sie musste sich selbst erst prüfen, um sich ganz sicher zu sein. Im Grunde fühlte sie sich noch zu jung, um diesen Schritt zu wagen. Sie mochte seine Geliebte sein, das war nicht so wichtig, selbst wenn sie von ihm ein Kind bekommen hätte. Mit einem Mann das Bett zu teilen war für eine Polynesierin weder eine Verpflichtung noch ein Verhandlungspunkt. Warum auch, wenn beide Partner dabei auf ihre Kosten kamen?

Während der langen Reise von Tahiti nach Deutschland war Marcelline vor Schrecken wie erstarrt. Sie erlebte den dreiundzwanzigstündigen Flug wie einen Alptraum, ängstlich zusammengekauert auf ihrem Sitz, und weigerte sich beständig, etwas zu trinken oder zu essen. Unterwegs mussten sie dreimal die Maschine wechseln, bevor sie am späten Abend in Köln ankamen. Obwohl Marcelline müde war, machte sie große Augen, als sie die Millionen Lichter der großen Stadt erblickte. Und sie fragte Horst:

«Wann werden hier die Dieselgeneratoren abgeschaltet?»

«Niemals, die Lichter brennen die ganze Nacht.»

«Aber das ist doch Verschwendung!»

Im Mietshaus, das Horst bewohnte, mussten sie die vier Stockwerke zu Fuß hochgehen, weil Marcelline sich standhaft weigerte, in «diese Kiste» - den Fahrstuhl - zu steigen.

Von der Reise erschöpft, zeigte er ihr aber noch das Badezimmer und erklärte ihr, wie man die Badewanne füllt, denn auf den Inseln gibt er nur Duschen. Etwas später kam er nachsehen, ob sie damit zurechtkam. Marcelline saß mit Pareu und Höschen in der Badewanne.

«Aber warum ziehst du dich nicht aus?»

«Ich bin ein anständiges Mädchen. Ich gehe doch nicht nackt baden.»

Da wurde Horst klar, dass er sich in der nächsten Zeit alles andere als langweilen würde.

Die folgenden Tage standen ganz im Zeichen der Entdek-
kung des Einkaufens. Marcelline brauchte eine dem kalten
Klima angemessene Kleidung. Ein besonderes Problem
waren die Schuhe. Ihre Füße, die noch nie irgendwelche ein-
zwängende Hüllen erdulden mussten, passten in keinen
Schuh. Der Schuhverkäufer war von Marcelline entzückt:

«Zum ersten Mal in meinem Leben sehe ich Füße im Na-
turzustand. Das ist sagenhaft!»

Schließlich verließ Marcelline erhobenen Hauptes das Geschäft mit einem Paar Espadrilles Größe 44.

Und Horst ging voller Stolz mit ihr durch die Stadt. Man
drehte sich überall nach ihnen um. Die Leute waren vor allem
von Marcellines langem, schwarzem Haar beeindruckt. Einige versuchten, es zu berühren, und eine Frau wagte es sogar,
sie an den Haaren zu ziehen, um zu sehen, ob sie auch echt
waren. Marcelline nahm keinen Anstoß daran, sie lachte nur
über den kleinen Zwischenfall.

Jedes Mal wenn sie in ein Warenhaus gingen, das einzige,
was Marcelline wirklich entzückte, fiel Horst auf, dass sich jemand von der Kasse löste und an ihre Fersen heftete, ihnen
unauffällig folgte oder so tat, als müsse er Ware einräumen
oder Preisschilder anbringen. Anfangs glaubte Horst noch,
dies geschehe aus Bewunderung, doch als ihnen auch im vierten Warenhaus eine ältere Dame folgte, wurde er doch stutzig
und sprach sie deshalb an:

«Warum folgt man diesem jungen Mädchen in jedem Geschäft?»

«Wissen Sie, das ist normal, vor Zigeunern nehmen wir uns
in acht», sagte sie. «Man kann nie wissen!»

Horst versuchte ihr klarzumachen, dass Marcelline keine Zi-
geunerin, sondern eine Tahitianerin sei, doch das beeindruckte
die Angestellte nicht im Geringsten. Für sie sah dieses junge
Mädchen anders aus, also war sie verdächtig.

Dieses Erlebnis stimmte Horst sehr traurig. Da träumt hier
also ein ganzes Volk von Tahiti und von seinen Vahine, und

wenn eine Bewohnerin dieser Inseln herkommt, wird sie gleich als potentielle Ladendiebin angesehen.

Weitere Zwischenfälle, auch im Kreis seiner besten Freunde, bewiesen Horst, wie schwer es ist, in einer bestimmten Gesellschaft anders zu sein. Alles, was nicht in das vertraute Mittelmaß hineinpasst, wird als negativ oder gar als minderwertig betrachtet. Niemand nimmt sich mehr die Zeit, eine andere Denkweise zu verstehen oder sich mit einer Kultur auseinanderzusetzen, in der oft höhere menschliche Werte gelten.

Vielleicht liegt gerade darin der große Unterschied zwischen den industrialisierten und den übrigen Ländern. Kommt man in ein Dorf im tiefsten Innern Afrikas, in Peru oder auf einer Insel im Pazifik, werden sich die dortigen Einwohner die Zeit nehmen, einem zuzuhören, und versuchen, einen zu verstehen. Verpflanzt man aber einen Afrikaner in eine europäische Ortschaft, begegnen ihm dort alle mit Misstrauen und Feindseligkeit. Niemand will mit ihm reden, niemand wird ihn anhören.

Organisiert man jedoch (gegen Bezahlung) ein Forum über eine dieser Kulturen und ihre Werte, strömen die Leute herbei und sind ehrlich bereit, sich für diese fremde Gesellschaft zu interessieren. Es hat fast den Anschein, als seien Kostenlosigkeit und Spontaneität geradezu verdächtig.

Zum Glück verstand Marcelline kein Deutsch und merkte nicht, was um sie herum vorging. Horst bat sie aber, einige ihrer Gewohnheiten zu ändern. Sie sollte zum Beispiel nicht allen guten Tag sagen und nicht jeden Mann anlächeln. Manche könnten diese Art von Höflichkeit als eine direkte Einladung verstehen.

Ungeachtet dieser Zwischenfälle war Horst nun ein glücklicher Mensch. Marcelline hatte seine ganze Wohnung ausgeschmückt. Überall hingen bunte Stoffe, die Stühle waren zu Nipptischen umfunktioniert, auf denen kleine glänzende oder farbige Gegenstände aufgestellt waren. Marcelline wurde zur besten Kundin des Blumengeschäfts an der Straßenecke und verwandelte die Wohnung allmählich in einen kleinen Dschungel von Fettpflanzen, Orchideen und Philodendrons.

Horst ließ sie voller Verständnis gewähren. Er hatte begriffen, dass gerade das Fehlen der heimatlichen Natur Marcelline am meisten zu schaffen machte. Deshalb versuchte sie auch, sich in der vierten Etage eines Mietshauses eine Umgebung zu schaffen, die ihr etwas vertrauter war; Nicht der große Kölner Dom, nicht die hohen Gebäude oder die erhabenen Brücken über dem grauen Rhein hatten Marcelline am stärksten beeindruckt, sondern die Blumenbeete in den öffentlichen Parkanlagen. Sie konnte Stunden damit verbringen,, alle diese ihr unbekannten Pflanzen sehr aufmerksam zu betrachten. Bald hatte sie jeden Topf und jede Teekanne in eine Blumenvase oder in einen Blumentopf verwandelt.

Doch Marcelline fehlte noch etwas anderes: Es fehlten ihr die fröhlichen Stunden mit ihren Freundinnen, das Gespräch mit ihren Eltern, das Licht, die Sonne. Und der weite Raum, in dem sie sich bewegen und laufen konnte, ohne ständig auf der Hut sein zu müssen.

In dem luxuriösen Apartment, auf das Horst stolz war, fühlte sich Marcelline eingesperrt wie in einem goldenen Käfig.

Sie bekam Sehnsucht nach zu Hause. Manchmal, wenn sie nachts im mitgebrachten Fotoalbum blätterte, kamen ihr die Tränen. Doch immer nur dann, wenn Horst fest schlief, denn sie wollte ihm nicht die Freude verderben.

Horst spürte allerdings, dass etwas nicht stimmte. Der helle Glanz war aus Marcellines Augen gewichen. Sie langweilte sich. Da beschloss er, sie mit der deutschen Kultur vertraut zu machen.

Sie besichtigten unzählige Schlösser und Burgen, fuhren in malerische Dörfer, zu Ausgrabungsstätten. Und Marcelline war von diesem furiosen Ausflugsprogramm begeistert. Horst schöpfte neuen Mut. Das brachte ihn auf die Idee, dass seine schöne Tahitianerin nun wohl auch für den hohen Genuss klassischer Musik bereit sei; sie sollte die Welt der Oper - seine große Leidenschaft - kennenlernen.

Er bestellte bei der Kölner Oper zwei Karten für Wagners «Tannhäuser», mit dem großen Ensemble der Mailänder Scala. Diese Aufführung galt als der Höhepunkt der Theatersaison. Die ganze feine Gesellschaft der Stadt würde kommen, ja sogar der Ministerpräsident.

Horst musste tief in die Tasche greifen, um auf dem Schwarzmarkt noch zwei Karten für Plätze im vordersten Rang zu ergattern. Doch das war ihm die Sache wert. Er hatte beschlossen, dass an diesem Opernabend Marcellines Einführung in die vornehme Gesellschaft der Stadt stattfinden sollte, und wollte, dass sie von allen gesehen würde, ganz vorn, in der ersten Reihe.

Zum ersten mal in seinem Leben würde Horst sich den Luxus leisten, sich «in Szene zu setzen». Er wusste, dass alle seine Freunde und sicher auch einige seiner früheren Geliebten zu diesem Konzert kommen würden.

Bei einem Schneider der Spitzenklasse wurde ein wunderschönes Kleid für Marcelline in Auftrag gegeben. Horst beschloss, dass es ein enganliegendes schwarzes Modell sein sollte, mit Silberfäden durchwirkt und einem Susie Wong-Schlitz an der Seite. Ein Schuhmacher fertigte nach Marcellines Maßen ein Paar Pumps, in denen ihre großen Füße bequem Platz hatten.

Als dann der große Abend kam, erlebte Horst einen vielbeachteten Auftritt in der Kölner Oper. Er hatte seinen Smoking aus italienischer Seide angezogen, im Revers steckte eine Gardenie, an den Füßen trug er Schuhe aus Krokodilleder. Und Marcelline sah einfach überwältigend aus in ihrem neuen Kleid, das sich hauteng um ihren makellosen Körper schmiegte. Ihr rabenschwarzes Haar schmückte eine feuerrote Orchidee.

Bei ihrer Ankunft gab es einen regelrechten Menschenauf-
lauf. Freunde und Bekannte umringten neugierig das Paar;
jeder wollte Marcelline vorgestellt werden, und alle behan-
delten sie wie eine Prinzessin. Horst war im siebten Himmel.
Noch nie in seinem Leben hatte er derart im Mittelpunkt des
allgemeinen Interesses gestanden. Marcelline war über so viel
Popularität etwas erschrocken und klammerte sich tapfer lächelnd an ihre kleine Handtasche.

Die Klingel ertönte, und die Zuschauer strömten langsam in
den großen Saal. Voller Entzücken entdeckte Marcelline den
riesigen Raum, die funkelnden Kronleuchter an der Decke
und die barocken Verzierungen. Sie trat an die Rampe und
beugte sich vor, um einen Blick in den Orchesterraum zu wer-
fen, worauf ihr die Violinisten freundlich zuwinkten.
Horst hatte Marcelline auf diesen Abend vorbereitet und ihr
versichert, sie würde die allerschönste Musik und die herr-
lichsten Lieder zu hören bekommen, die es wohl gibt. So fie-
berte sie vollerJngeduld dieser Offenbarung entgegen.
Bedauerlicherweise wusste Horst nicht, dass es zwei Dinge
gibt, die tahitianische Menschen nicht ausstehen können: klassische Musik und Sopranstimmen. Und für diese Abneigung
gibt es gute Gründe: Das einzige klassische Musikstück, das
man auf Tahiti zu hören bekommt, ist eine kleine Melodie von
Bach, die im Rundfunk immer nach einer Todesanzeige ge-
spielt wird. Deshalb wird jede Art von klassischer Musik von
den Tahitianern als "Musik der Toten" empfunden. Und eine
Sopranistin ist eine Frau, die brüllt, was für die Bewohner der
Südsee den Gipfel des schlechten Geschmacks darstellt.
Die Lichter erloschen, im Saal wurde es still, das Orchester
begann die Ouvertüre zu spielen. Die schweren Klänge der
Wagner Musik erfüllten den Saal. Am Anfang war Marcel-
line nur etwas überrascht, doch dann griff sie nach Horsts
Arm:
«Ist das deine Musik?»
«Nein, nein, warte! Der Vorhang geht gleich auf.»

Doch die Ouvertüre zog sich endlos hin, und Marcelline wurde immer ungeduldiger:

«Komm, ich möchte gehen. Das ist 'fiu'!» (fiu = die Nase voll haben).

«Warte, warte, es geht doch gleich los!»

Der Vorhang ging tatsächlich hoch, und als Bühnenbild erschien eine monumentale Schwarzwaldlandschaft. Die große italienische Diva, die ihnen genau gegenüber auf der linken Seite der Bühne stand, holte tief Luft und hob zu singen an. Marcellines Entzücken für das Bühnenbild schlug sofort wieder in Unwillen um:

«Warum schreit sie denn so? Tut ihr jemand weh?»

«Aber nein, nicht doch ... Das ist das Lied!»

«Das ist kein Singen, das ist ein Gebrüll. Kannst du ihr nicht sagen, dass sie nicht so laut schreien soll?»

Ihr Wortwechsel erregte allmählich die Aufmerksamkeit ihrer honorigen Nachbarn, die ihnen verärgert «««Pst! Pst!» und «Ruhe, bitte!» zuflüsterten. Horst sagte sehr leise zu Marcelline, sie solle doch schweigen, was diese aber noch mehr aufbrachte. Sie zupfte ihn am Ärmel und bat:

«Komm! Das ist ja schrecklich. Ich will nach Hause gehen.».

«Pst! Wir können jetzt nicht gehen. Hab Geduld! Hör doch, wie schön das klingt.»

Aber je länger das Ganze dauerte und je lauter die Diva sang, desto erregter wurde Marcelline. Sie konnte dieses wilde Geschrei nicht ertragen. Zweimal noch bat sie Horst, gehen zu dürfen, doch dieser antwortete jedes Mal: «Pst! Pst! Hör doch, wie schön das ist.»

Das war zu viel des Schönen. Marcelline richtete sich kerzengerade auf, und mit einer Stimme lauter als die der dicken Sopranistin, brüllte sie:

«Fiuuu!»

Die Diva verstummte schlagartig. Der Dirigent ließ seinen Taktstock fallen. Die Musik verstummte. Ein Raunen ging durch den Saal.

Marcelline ging jetzt mit großen Schritten zum Ausgang und versetzte mit ihren schönen neuen und spitzen Schuhen jedem Bein, das ihr den Weg versperren wollte, Fußtritte. Die feinen Leute jaulten vor Schmerz und vor Empörung auf.

Dann brach eine allgemeine Panik aus. Niemand begriff, was da vorgefallen war. Die Lichter im Saal gingen an. Feuerwehrleute kamen angerannt. Aber Marcelline setzte unbeirrt ihren Weg zum Ausgang fort und stieß mit dem Fuß gegen alles, was sie am Weitergehen hinderte. Horst folgte ihr im Laufschritt, entschuldigte sich nach links und nach rechts, bat um Verzeihung, versuchte vergeblich zu erklären. Er empfand die Ausgangstür der Oper als eine wahre Erlösung.

Diese Einführung von Marcelline in die besseren Kreise von Köln war wirklich zu einem bedeutsamen Ereignis geworden. Man brauchte eine gute halbe Stunde, um die bewusstlose Sopranistin wiederzubeleben, das Publikum zu beruhigen und mit dem Singspiel fortzufahren. In der Presse wurde der Zwischenfall am nächsten Tag durch etliche Schlagzeilen gewürdigt.

Einen Monat lang versteckte sich Horst mit Marcelline, bis die Wogen sich geglättet hatten. Sie suchten Zuflucht in einem kleinen Gasthof in den bayrischen Alpen und verbrachten ihre Zeit damit, in den Bergen lange Spaziergänge und Wanderungen zu unternehmen. Diese Tage wurden zu den glücklichsten, die sie miteinander verlebten.

Zurück in Köln verfiel Horst in eine alte, typisch deutsche Gewohnheit: Er beschloss, jeden Mittwoch zu seinem "Stammtisch" zu gehen. Einmal in der Woche treffen sich Freunde in einem bestimmten Lokal, um zu trinken und Sprüche zu klopfen. Frauen sind zu diesen Treffen nicht zugelassen. Diese Einrichtung erlaubt es den Männern offensichtlich, sich von zu Hause, wo ihre Frauen die Hosen anhaben, etwas zu erholen.

Horst versuchte wohl, Marcelline diesen deutschen Brauch zu erklären, sie wollte aber nicht recht dran glauben. Sie konnte nicht verstehen, dass Horst sie in diesem ihr fremden Land einen ganzen Abend allein ließ, und das einzig und allein, um mit ein paar Freunden zu reden. War er denn nicht stolz auf sie?

Als echter Tahitianerin kam ihr natürlich der Verdacht, dass eine andere Frau hinter der Sache stecken musste. Und je entschiedener er darauf bestand, zu seinen Verabredungen zu gehen, desto mehr wurde ihr dieser Verdacht zur Gewissheit.

Zweimal bat sie ihn, nicht wegzugehen, sie abends nicht allein zu lassen. Horst, der nur die lauten und tränenreichen Szenen westeuropäischer Frauen kannte, nahm die mit sehr ruhiger Stimme geäußerte Bitte nicht ernst. Er begriff nicht, dass Marcelline nicht mehr weiter wusste. Sie war davon überzeugt, dass er sie mit einer anderen Frau betrog. Und dagegen musste sie etwas tun.

Als Horst an diesem Abend zu später Stunde und leicht angesäuselt nach Hause kam, erwartete ihn Marcelline an der Tür, lediglich mit ihrem Pareu bekleidet. Über ihren Anblick erfreut, beugte er sich vor, um sie zu umarmen, und übersah dabei das Rasiermesser, das sie in der Hand hielt. Sie hob die Hand, und mit einem einzigen Hieb schnitt sie ihn tief in die rechte Wange.

Das Blut schoss sofort aus der Wunde und bespritzte die Möbel rundherum. Horst schrie auf vor Schmerzen. Er begriff nicht, was ihm geschah. Marcelline sagte es ihm:

«So. Jetzt wird dich die andere Frau nicht mehr haben wollen!»

Dann fing sie an zu weinen und zu schluchzen, und plötzlich tat ihr furchtbar leid, was sie getan hatte. Sie rannte los und holte saubere Tücher, um das Blut zu stillen. Sie begleitete Horst in die Klinik, wo die lange Schnittwunde genäht werden musste.

Eine knappe Woche später stieg Marcelline in das Flugzeug, das sie nach Tahiti zurückbrachte.

Horst reiste noch zweimal nach Bora Bora. Seine Wange zierte nun eine lange Narbe. Zweimal versuchte er, Marcelline zur Rückkehr nach Deutschland zu bewegen.

Sein erster Besuch fand sechs Monate nach Marcellines Rückreise statt. Das war die Zeit, die er gebraucht hatte, um zu erkennen, wie sehr er sich an sie gewöhnt hatte, wie sehr sie ihn geprägt hatte.

In der ersten Zeit hatte er es nachgerade als Erleichterung empfunden, all die Probleme los zu sein, die sich aus der kulturellen Andersartigkeit zwischen ihm und der Tahitianerin ergeben hatten. Er wandte sich wieder den Damen seiner Gesellschaftsschicht zu, denn er hatte sich daran gewöhnt, eine Frau an seiner Seite zu haben. Aber er entdeckte schnell, dass ihm das Liebesspiel mit diesen jungen Frauen keinen rechten Spaß machte. Marcellines Schatten war allgegenwärtig. Doch am meisten fehlte ihm ihr Geruch. Er vermisste schmerzlich jenen Monoi-Duft (parfümiertes Kokosöl), der den langen Haaren und dem ganzen Körper einer Tahitianerin anhaftet. Frauen, die diesen Duft nicht besaßen, kamen ihm fade vor wie ein ungewürztes Gericht.

Aber was ihm im Augenblick der Vereinigung am meisten fehlte, war die Spontaneität und Unschuld, die er in den Momenten höchster Lust mit Marcelline kennengelernt hatte. Die zivilisierten Frauen wünschten sich oft sonderbare, zuweilen unbequeme Stellungen, die sie in bestimmten Magazinen und erotischen Filmen gesehen hatten. Sie wollten ebenfalls «modisch vögeln». Er hatte inzwischen den Eindruck gewonnen, dass die intimste Handlung eines Paares in Deutschland zum absoluten Knüller für den aufgeklärten Verbraucher geworden war.

Was für ein Abgrund lag zwischen diesem Verhalten seelenlos gewordener Städter und der Spontaneität, der Sanftmut und der Erfindungsgabe eines naturverbundenen Mädchens!

Je eifriger Horst sich bemühte, eine neue Partnerin zu finden, desto schmerzlicher vermisste er Marcelline.

Freudestrahlend kam sie ihm entgegen, als er in Bora Bora eintraf. Mit ihren Freundinnen zusammen schmückte sie ihn mit Blumenketten.

Sie verbrachten einen ganzen Monat zusammen im Hotel, gut versorgt und bemuttert von all den anderen Mädchen.

Die inständigen Bitten, die Horst immer wieder an Marcelline richtete, halfen jedoch nichts: Sie weigerte sich entschieden, mit ihm nach Europa zurückzukehren. Sie wollte ihre Insel nie wieder verlassen. Nie wieder! Die Welt da draußen hatte sie einmal kennengelernt, und das reichte ihr.

Die Menschen dort würden nie lächeln, sagte sie zu Horst. Jeder nehme sich vor den anderen in Acht, die Leute seien so sonderbar, und sie habe sich damals schrecklich einsam gefühlt. Sie würde aber mit ihm zusammenbleiben, wenn er sich entscheiden könnte, für immer hier auf Bora Bora zu leben.

Horst war jedoch nicht bereit, sich in die Einsamkeit einer kleinen Insel am Ende der Welt zurückzuziehen.

Bei seiner zweiten Reise, drei Jahre später, war er schon eher geneigt, seinen Wohnsitz unter den Kokospalmen aufzuschlagen.

Doch gleich nach seiner Ankunft auf den Inseln erfuhr er, dass Marcelline nunmehr Mutter von zwei Kindern war, dass sie einen Fischer zum Mann hatte und in einem kleinen Haus aus geflochtenem Bambus auf einer dieser kleinen Inseln lebte, den «Motu», die das Korallenriff von Bora Bora bildeten.

Er traf sie beim Chinesischen Laden. Sie war auf ihrer alten, knatternden Vespa gekommen, um eine Kanne Brennsprit für die Lampen und den Küchenherd zu holen.

Sie freute sich sehr über das Wiedersehen und begrüßte ihn wie einen alten Freund. Dann erzählte sie ihm die neuesten

Klatschgeschichten der Insel und drängte ihn, sie drüben auf ihrem kleinen Eiland zu besuchen. Sie müsse ihm unbedingt ihre Kinder zeigen, ihr großes Glück und ihr ganzer Stolz und ihm natürlich ihren Mann vorstellen.

Er hat sie nie besucht.

Die Marquesas-Inseln
muss man sich verdienen

HABEN Sie es nicht auch satt, ein dummer, gehorsamer Tourist zu sein, der stets auf vorgegebenen Pfaden einem x-beliebigen Reiseführer hinterhertrabt, der von Reisezielen prahlt, an denen er höchstwahrscheinlich selbst noch nie war? Was für ein Vergnügen ist es schon, möglichst weit weg zu fahren, an einen schicken exotischen Ort, um dann dort zu entdecken, dass der Nachbar von zuhause genau dieselbe Reise gebucht hat, auch wenn man sich im tiefsten Afrika befindet? Haben Sie Lust auf etwas ganz Anderes? Auf echte, exotische Abenteuer? Wenn ja, dann ist diese ungewöhnliche, wenig bekannte Flucht aus dem Alltag genau das Richtige für Sie: die Kreuzfahrt zu den Marquesas auf dem Schoner Aranui.

Einmal im Monat startet die *Aranui* aus Tahiti zu einer Rundfahrt zum Marquesas-Archipel. Das Schiff hat eine "gemischte Ladung", befördert also sowohl Passagiere als auch Waren, wie es für die meisten Schiffe, die den Ozean überqueren, vor vierzig Jahren und davor noch üblich war. Die Kreuzfahrt dauert zwei Wochen und das Wunderbare an ihr ist, dass das Schiff auf der Hin- und Rückfahrt an verschiedenen einsamen Atollen des Tuamotu, sowie auf allen Marquesas-Inseln anlegt. Der chinesische Besitzer des Schiffs war so klug, eine gehobene Ausstattung an Bord zu bieten, mit einem kleinen Schwimmbad, Stewardessen, sogar einer Klimaanlage für die Passagiere; eine Welt des Luxus also, den man vorher auf diesen noch beinahe unberührten Inseln nicht kannte, die sich sprichwörtlich am Ende der Welt befinden.

Nachdem man durch die Passe des Riffs von Papeete ausgelaufen ist, entwickelt sich eine besondere Verbundenheit zwischen den etwa fünfzig Passagieren, den Offizieren, den Stewardessen und der polynesischen Crew. Die Atmosphäre erinnert an die längst vergangene Ära der transpazifischen Schiffe, auf denen die Passagiere viel Zeit hatten, Interesse an einander zu finden. Dank der geringen Größe der Aranui und ihrer Route in abgelegene Gegenden entwickeln sich aus Freundlichkeiten oft echte Freundschaften.

Eine Art Komplizen Atmosphäre entsteht rasch zwischen den verschiedenen Gruppen, die gemeinsam auf diesem Schiff, verloren zwischen dem Blau des Himmels und dem aquamarinen, tropischen Südpazifik dahinsegeln. Denn schon vor Besteigung des Schiffs findet eine natürliche Auswahl der Passagiere statt. Tatsächlich zieht eine Kreuzfahrt zu den Marquesas nie Leute an, die auf Nachtleben, gesellschaftliches Hocharbeiten, angesagte Ferienanlagen oder Disneyland aus sind. Daher sind die meisten Erste-Klasse-Passagiere eine internationale Mischung aus erfahrenen Reiseliebhabern, Wissenschaftlern, Schriftstellern, Profifotografen oder Romantikern, allesamt auf der Suche nach ein bisschen Shangri-La, das noch ein wenig Unschuld, unberührte Natur oder Einsamkeit zu bieten hat. Stellen Sie sich dazu noch eine schöne polynesische Frau mit ihren Kindern vor, die auf dem Weg zu ihrem Mann ist, einen Perlenfischer oder Lehrer auf der Rückkehr zu seiner verlassenen Heimatinsel, einen chinesischen Geschäftsmann, der zu den Atollen für den Kauf von Kopra, Perlen oder Perlmutt unterwegs ist, vielleicht sogar ein oder zwei französische, ausgewanderte Staatsbeamte, und schon haben Sie eine Ansammlung von Figuren, die ohne Weiteres einem Jack London- oder Somerset Maugham-Roman entsprungen sein könnten. Nicht zu vergessen die rund vierzig Unterdeckpassagiere, zumeist Marquesaner, Paumotus (Einwohner der Tuamotu-Atolle) und einige europäische Rucksacktouristen.

Da eine Klassengesellschaft keine Tradition auf unseren Inseln hat, kommen sich diese Leute aus den verschiedenen Schichten und Hintergründen während der Reise bald näher, und bei solch einer Dichte von ungewöhnlichen Menschen ist es üblich, dass sie sich auch bald über ihre gemeinsamen Interessen austauschen. Jedes beliebige Gespräch, sei es auf Deck, im Speisesaal oder an der Bar, ist von überdurchschnittlich hohem intellektuellem Niveau.

Vor ein paar Jahren hatte mein Freund Marcel, ein bekannter Fotograf, der bei den Tahitianern unter dem Spitznamen "Zizi" bekannt war — ein Franzose, der keine Gelegenheit auslässt, auf unsere Inseln zu reisen — das Glück, diese Kreuzfahrt für sich zu entdecken. Auf alle Passagiere an Bord trafen die oben beschriebenen Kriterien zu... bis auf eine europäische Dame, die sich von den anderen abhob. Sie war Französin, hatte hellblondes Haar, war klein und sehr schlank. Obwohl sie scheinbar lieber im Alleingang unterwegs war, wirkte sie zerbrechlich und freundlich. Man hätte sie für um die vierzig halten können. Vor allem ihre Augen waren faszinierend, wegen der Traurigkeit, die sie ausdrückten. Weil sie wohl ein großes Leid vermuteten, das ihr im Leben widerfahren war, fühlten sich die anderen Passagiere oft verpflichtet, sie zu ihren Vergnügungen mit einzuladen, wie Brettspielen, Entdecken des Atolls (den "Inseln voll Wasser"). Doch die Dame war offenbar lieber in ihre einsame Melancholie versunken, und nach zwei Tagen, an denen die Leute sich bemüht hatten, sie in ihre Gruppen einzubeziehen, respektierten sie ehrfürchtig ihre Suche nach Einsamkeit. Und doch hatte das Geheimnis der Dame und ihr hartnäckiges Alleinsein nun erst recht jedermanns Interesse geweckt. Ein Passagier hatte es geschafft, ihren Namen herauszubekommen, Christine, aber nichts weiter kam ans Licht.

Eine Woche nach der Abreise aus Papeete, während des Halts im Ort Atuona auf der Insel Hiva Oa, kamen die ersten Vorboten der Regenfälle dieser Jahreszeit. Marcel war verärgert, da er hauptsächlich da war, um die Grabstätten von Paul Gauguin und Jacques Brel (**) zu fotografieren und zu filmen, die sich auf dem kleinen Inselfriedhof befinden. Als er die tropischen Regenschauer sah, lud der Kapitän alle Passagiere ins kleine Dorf-Café ein, auf dass sie die frischen Langusten der Gegend kosten konnten und sich ihre Stimmung aufheitern würde, bis der Regen aufhörte. Alle nahmen das Angebot begeistert an. Das heißt, alle außer Marcel, der darauf bestand, seine Aufnahmen noch vor Mittag zu machen, da früh das Licht besser war. In einen Regenmantel gehüllt, stieg er den steilen Pfad zu dem kleinen Friedhof hinauf, von wo aus man die Bucht überblicken konnte. Während er dort oben seine Stative und andere Geräte aufbaute, klärte sich der Himmel plötzlich auf und unter der alles überstrahlenden Sonne zeigte sich die Aussicht auf die große Atuona Bucht in all ihrer Pracht und raubte ihm den Atem. Als er glücklich seine Kamera auf Gauguins Grabstätte richtete, spürte er die Anwesenheit einer Person zu seiner Rechten. Es war Christine, die durch das Friedhofstor schlüpfte, ein kleines Päckchen in der Hand und dann rasch aus seiner Sicht verschwand.

Eine Stunde, nachdem er Paul Gauguins Grab von allen möglichen Winkeln fotografiert hatte, transportierte er seine Ausrüstung zu Jacques Brels Grab, ein paar Meter weiter. Vor eben diesem Grab sah er Christine wieder. Am Fuß des Grabsteins, ein riesiger grauer Granitstein mit dem eingravierten Profil des Sängers und — Gott weiß warum — das seiner noch lebenden, westindischen Begleiterin, waren ein paar frische blutrote Hibiskusblüten um einen kleinen rosafarbenen Bilderrahmen verstreut. Christine schien verlegen und vermied Marcels Blick. Er war es, der sie ansprach:

"Haben sie den Bilderrahmen mitgebracht?"

"Hmm… ja, das war ich."

"Macht es ihnen etwas aus, wenn ich ihn mir ansehe?"

"Nein…natürlich nicht…nur zu."

Er kniete nieder und nahm das Objekt vorsichtig in die Hand. Es war ein billiger Plastikrahmen mit aufgeklebten Strasssteinen, wie man ihn in Frankreich in jedem beliebigen Billigladen, beim Karneval oder in der Nähe von Friedhöfen, findet. Auf dem Bild war ein Waldsänger und ein Gedicht in Handschrift:

"Waldsänger,
fliegst du herüber
und um das Grab herum,
sing ihm
dein schönstes Lied."

Als er den Rahmen behutsam an den Grabstein zurückstellte, merkte Marcel, dass Christine weggelaufen war.

Eine weitere Stunde später fand er sie in einem kleinen Café in Atuona wieder. Da die Sonne nun wieder schien, hatten die anderen Passagiere sich inzwischen auf den langen Aufstieg zum Friedhof gemacht. Marcel und Christine waren daher allein in dem kleinen Speisesaal des Restaurants. Sie saßen an verschiedenen Tischen mit Plastiktischdecken und warteten beide bewegungslos und stumm darauf, dass ihnen gegrillte Languste serviert würde. Sie spürte die vielen Fragen in Marcels Blick, der nicht anders konnte, als zu ihr hinüberzublikken. Da bot Marcel an, die Flasche Riesling, die er soeben bestellt hatte, mit ihr zu teilen, und zu seiner Überraschung nahm sie das Angebot sofort an und bat ihn, sich an ihren Tisch zu setzen.

Nach einigem Herumgedruckse und Smalltalk entschloss sich Christine plötzlich, ihm ihre Geschichte zu erzählen:

ßen Klinik in Nanterre, ein Vorort von Paris. In meiner Jugend war ich vollkommen im Bann von Jacquots Melodien" (sie sprach natürlich von Jacques Brel). "Ich komme aus einer Arbeiterfamilie aus einem einfachen Vorort von Paris und das Leben war immer hart für mich gewesen. Jacquot wurde mit seinen traurigen Liedern bald mein Held. Ich muss gestehen, dass ich sogar in ihn verliebt war. Natürlich wusste ich, dass ich nicht die Einzige war und dass ich nicht die geringste Chance bei ihm hatte, aber das änderte nichts an meinen Gefühlen. Jacquot und seine Melodien waren mein Trost, mein Rettungsring, mein geheimes Versteck in einer Kindheit mit nur wenigen fröhlichen Augenblicken. Wie sie sehen, bin ich nicht hübsch und die einfache Herkunft meiner Eltern scheint an mir zu haften wie unlöslicher Klebstoff… Vielleicht verstehen sie ja, warum ich so lange in meinem Schneckenhaus versteckt gelebt habe, wie ein verwundetes Tier. Und tief im Inneren dieses Verstecks waren Jacquot und seine Musik."

Sie hielt inne und trank von ihrem Wein. Während Marcel sie näher betrachtete, dachte er, wie schrecklich es doch war, dass einem Menschen durch das soziale Klassenbewusstsein, das in Europa noch immer sehr verbreitet ist, soviel Schaden zugefügt werden kann — seinem Leben als auch seinem Verstand. Christine war durchaus eine schöne Frau, und obwohl

---

* **Jacques Brel**, Sänger, Dichter und Liedermacher belgischer Herkunft, wurde in der französischsprachigen Welt berühmt für die impressionistische Qualität seiner Lieder. Obwohl er auch in einigen französischen Filmen mitspielte, ist er vor allem der internationalen Musikszene als der Autor des Lieds *"Bitte geh nicht fort"* ("Ne me quitte pas") bekannt. 1978 starb Jacques Brel im Alter von 49 Jahren an Krebs, nachdem er die letzten Jahre auf des Insel Hiva Oa in das Marquesas-Archipel verbracht hatte, eine Inselgruppe die er wehrend seiner Weltumsegelung mit seinem Motorsegelboot *Asgoy* entdeckt hatte.

ein freudloses Leben einige scharfe Linien in ihrem Gesicht hinterlassen hatte, schien sie doch alle Eigenschaften zu besitzen um ein glückliches und erfülltes Leben führen zu können.

Sanft setzte sie ihr Glas ab und fuhr mit ihrer Geschichte fort:

"Als Jacquot tragisch ums Leben kam, war ich so voller Trauer und Verzweiflung, dass ich sterben wollte. Da ich nicht den Mut hatte, von einer Brücke oder dem Eiffelturm zu springen, hörte ich einfach auf zu essen. Ich hörte auf zu leben. Ich lief herum wie eine Schlafwandlerin. Ich ließ es zu, langsam zu sterben. Zum Glück arbeite ich in einem Krankenhaus und als ich das erste Mal ohnmächtig wurde, erkannte man mein Problem sofort. Man kümmerte sich um mich, gegen meinen Willen sozusagen, da ich ernsthaft bestrebt war, aus dem Leben zu scheiden. Aber man weiß ja, wie stur die Leute im Krankenhaus sein können… Mit vielen Medikamenten und einer Menge Psychoanalyse gelang es ihnen, nachdem ein ganzes Jahr vergangen war, mich wieder zurück ins Leben zu holen, wenn Sie so wollen. Doch ich funktionierte wie ein Roboter. Jacquot war noch immer mein einziger Lebensinhalt und ich wollte nichts mehr als bei ihm zu sein. Da es mir nicht erlaubt war zu sterben, versuchte ich, ihm näher zu kommen, indem ich den Friedhof in Nanterre regelmäßig besuchte und dort betete. Ich betete überall auf dem Friedhof, vor jedem beliebigen Grab. Es machte keinen Unterschied, welches Grab ich aussuchte; Jacquot war tot und der Friedhof war das Land der Toten, das war alles was für mich zählte.

Eines Morgens, an Allerheiligen — Gott, war es kalt an dem Tag! — hatte ein Straßenverkäufer seinen Wagen am Friedhofseingang geparkt und versuchte, dort seine Grabstätten-Utensilien zu verkaufen. Ich war die Einzige, die verrückt genug war, bei dem eisigen Wind und der Kälte so früh am

Morgen schon auf dem Friedhof zu sein. Mir tat der Verkäufer leid, und ich kaufte ihm den Rahmen ab, den sie gesehen haben... Für meinen Jacquot."

Sie nahm rasch einen Schluck Wein, um Atem zu holen.

"Da erst wurde mir mein Dilemma bewusst: Beten kann man überall, vor allem auf einem Friedhof. Aber man kann nicht einfach ein kleines Erinnerungsstück für jemanden auf dem Grab eines anderen hinterlassen. Dazu die Kälte, der Nebel... und über allem, diese Traurigkeit... Ich wusste, dies alles hatte im Grunde nichts mit meinem Jacquot zu tun. Ich musste zu seinem echten Grab fahren, hier auf den Marquesas-Inseln, die er so wunderschön besungen hatte, um ihm mein kleines Geschenk zu bringen. Ich sah keinen andern Ausweg. Meine einzige Hoffnung auf Besserung schien, bis hierher ans Ende der Welt zu kommen und ihm mein kleines Geschenk zu bringen!

Das war vor drei Jahren. Von da an wurde die Reise zu den Marquesas meine neue Obsession. Dieser billige Plastikrahmen hat mir tatsächlich das Leben gerettet. Plötzlich war er mein Grund zum Überleben geworden, er gab meinem Leben wieder Sinn. Ich begann zu sparen, verzichtete auf alles, lebte nur vom Nötigsten, fast nur von Wasser und Brot. Drei Jahre Geduld, um genug Geld für die lange Reise zu den Marquesas zusammenzusparen. Drei Jahre, damit ich den Rahmen hier hinterlassen konnte und am echten Grab meines Jacquot beten zu können..."

Eine lange Pause entstand. Marcel blieb still. Christine hob langsam den Blick und auf einmal lächelte sie. Dieses Lächeln ließ sie völlig anders aussehen, und sie war sogar sehr schön.

"Nun, jetzt hab ich's getan. Ich kann wieder anfangen zu leben... Endlich!"

Und das meinte sie auch so! Christine sah auf einmal lebendig aus, als ob sie von einer großen Last befreit worden war. Sie begann, die Languste mit erstaunlichem Appetit zu verschlingen, leerte die Flasche Riesling ohne die geringste Zurückhaltung oder Scheu. Marcel bestellte sofort eine weitere Flasche; er verstand nur zu gut, wie sie sich fühlen musste…

Von da an und den Rest der Reise wurde Christine zu einer fröhlichen, klugen und attraktiven Gefährtin für die anderen Passagiere.

Und Christines tiefe Liebe zu Jacques Brel war letztendlich keine verschwendete Liebe. Auf der Rückreise der Kreuzfahrt machte die Aranui ihren üblichen Halt auf dem Takaroa Atoll, um Kopra zu laden und Perlenfischerausrüstung abzuliefern. Bernard, der Reisearzt für die Region Tuamotu-Gambier, nutzte die Gelegenheit und buchte eine Überfahrt mit der Aranui nach Papeete, eine willkommene Abwechslung zu dem üblichen Flug, die ihm außerdem drei Tage Wartezeit bis zum nächsten Flug ersparte. An diesem Abend lernte er beim Essen Christine kennen, und sie weckte sein Interesse noch stärker, als er erfuhr, dass sie auch in der Medizin tätig war.

Vier Tage später, nachdem man in Tahiti gelandet war, war Christine wie neugeboren. Sie strahlte vor Freude und hielt ihr Glück auch vor den anderen Passagieren nicht verborgen. Zum ersten Mal in ihrem Leben war ihr das Schicksal gütig gestimmt. Und tatsächlich ergab es sich per Zufall — war es wirklich Zufall? — dass die Stelle der Krankenschwester auf Hiva Oa frei wurde. Auf Empfehlung des Arztes würde sich Christine darum bewerben und ihr die Stelle zugesichert werden, da nur wenige Bewerber sich um eine Anstellung auf diesen abgelegenen Inseln bewarben. Zu allem Überfluss bot die Stelle auch noch ein viel höheres Gehalt als in Frankreich, dank einer Gesetzesinitiative und Ausgleichszahlung.

An der Anlegestelle in Papeete, während mit Kränen die tausende von mit Kopra gefüllten Säcke von der Aranui geladen wurden, kletterte Marcel, mit Kameras und Taschen behängt, hinauf zu Ako, dem zweiten Schiffskapitän, der nur in Shorts und T-Shirt bekleidet das Entladen beaufsichtigte, um sich bei ihm zu bedanken. Ako, ein Chinesisch-Polynesier, war seit zwanzig Jahren auf den Marquesas-Schiffen unterwegs und war, wie es sich für einen professionellen Offizier gehörte, sogar über die persönlichsten Aspekte der Geschäfte seiner Passagiere gut informiert. An die Reling gelehnt und eine Zigarette rollend begrüßte er Marcel:

"Weißt du, Zizi, als Christine an Bord ging, musste ich nur ihr Gesicht sehen und schon hatte ich Angst, sie würde eines Nachts über Bord springen. Deshalb hab ich sie stets gut im Auge behalten… ich beauftragte sogar einen meiner Männer, vor der Tür zu den Passagierkabinen zu schlafen… Dieser Jacques Brel hat die Welt schon vor einer Weile verlassen, aber der Kerl hat es immerhin geschafft, die Frau aus ihrer Stadtneurose herauszuholen…", sagte er mit einem Grinsen, "und er hat es geschafft, sie in seiner Nähe zu behalten!

Die Marquesas-Inseln, Zizi, die muss man verdient haben. Jacques Brel hatte sie sehr wohl verdient. Alle mochten ihn, denn er mochte alle und half immer gern… Ich glaube, Christine gehört zu derselben Sorte Mensch… Mach dir um sie keine Sorgen, sie wird glücklich werden hier, da geh' ich jede Wette ein. Die Leute werden ihr freundlich gesinnt sein… Eine gute Reise! Bis zum nächsten Mal."

Er zündete sich die Zigarette an und wandte sich wieder dem großen offenen Frachtraum zu.

Ein kleines Problem am anderen
Ende der Welt

Als ich von einer Reise zur Insel Huahine zurückkehrte, fand ich zu Hause einen Brief vor.

«Vom Minister!» sagte meine Vahine und lächelte ganz aufgeregt.

Ich umarmte meine Familie und las dann das Schreiben. Es war eine Vorladung zu einem Gespräch, mit ein paar Zeilen, in denen der Minister mich um einen Gefallen bat.

Zwei Tage später saß ich in Tahiti im schallgedämpften und klimatisierten Büro dem Minister gegenüber, der übrigens auch ein guter alter Freund ist. Der elegante Ledersessel, der mein Hinterteil weich auffing, war mindestens drei meiner Monatsgehälter wert. Aber die Herzlichkeit des Empfangs, die leichte Verlegenheit, die der Minister

93

sichtlich empfand, weil er mich in diesem luxuriösen Rahmen empfangen musste, den er ja von seinem Vorgänger übernommen hatte, klärten mich rasch darüber auf, dass mein Freund den verderblichen und berauschenden Verlockungen der Macht widerstanden hatte. Seine Popularität war sogar gestiegen, seitdem er die große Dienstlimousine verkauft hatte und seine Fahrten nur noch mit dem eigenen Motorroller unternahm. Diesen hatte er allerdings schwarz lackieren lassen. «Das sieht amtlicher aus!» pflegte er zu sagen.

Er kam sofort zur Sache:

«Also, ich möchte, dass du nach Takareva fliegst. Wir haben einen besorgten Brief vom Chef des Atolls bekommen. Mit der Lagune scheint es Probleme zu gehen. Er sagt aber nicht, was für welche, sondern spricht nur von abgestorbenen Korallen.

Ich habe gehört, dass du gerade eine Studie über ein ähnliches Thema abgeschlossen hast. Vielleicht haben wir es mit dem gleichen Problem zu tun, wenn es ein solches überhaupt gibt. Eine Verschmutzung kann ich mir nämlich gar nicht vorstellen. Takareva ist ein in sich geschlossenes Atoll und dazu eines der isoliertesten auf der ganzen Welt.

Aber es gibt noch einen anderen Grund, warum ich mich gerade an dich wende. Die Bewohner des Atolls gehören, wie du weißt, zu den letzten Gemeinschaften, die noch ihre traditionelle Lebensweise beibehalten haben, wie auf der Insel Maiao zum Beispiel. Wenn ich einen meiner wissenschaftlichen Mitarbeiter dorthin schicke, wird er die Leute mit Fachbegriffen besoffen machen, und keiner wird ihn verstehen. Auch wenn sie aus Höflichkeit und Respekt das Gegenteil behaupten würden. Du dagegen, du verstehst es, komplizierte Dinge mit einfachen Worten zu beschreiben. Und was besonders wichtig ist, du kennst die Mentalität der Inselbewohner.

Ich möchte dich deshalb bitten, auf Takareva mal nach dem Rechten zu sehen. Du hast mir oft gesagt, wie sehr du diese

Atolle liebst. Da hast du eines, das sich wirklich am Ende der Welt befindet. Und schreib mir einen Bericht, wenn du zurück bist.»

Außer mir vor Freude verließ ich das Büro meines Freundes. Ich war begeistert von der Idee, wieder zu den Inseln aufbrechen zu dürfen. Und diesmal handelte es sich sogar um ein Atoll, das 1200 Kilometer von Papeete entfernt lag. Weit entfernt bedeutete: noch unberührt. Je weiter man sich vom Zentrum Tahitis entfernt, desto freundlicher sind die Menschen, um so polynesischer ist ihr Verhalten und um so wohler wird mir ums Herz.

Ich brauchte fast drei Wochen, um Takareva zu erreichen. Zwei Wochen musste ich auf die nächste Maschine der «Air Tahiti» nach Ost-Tuamotu warten, eine alte De Havilland Twin Otter Modell STOL, die sich auf den kurzen Pisten der Koralleninseln bestens bewährt hat.

Unter den Fluggästen befand sich kein einziger Tourist. Und das hatte seinen guten Grund. Es war ein monatlicher Flug, also hatte der Reisende die Wahl zwischen einem Aufenthalt von einer Viertelstunde oder einem ganzen Monat auf einem der Atolle, die angeflogen wurden. Wie gewohnt saß ich auch diesmal eingeklemmt zwischen einer fröhlichen, dicken Mami, den Eiskisten und Säcken voll Brot, die sich im Mittelgang stapelten. Mein Freund Coquet, ein alter Hase im Flugverkehr zwischen den Inseln, saß im Cockpit. Trotz seiner Gewohnheit, kurz vor dem Abheben am Ende der Piste ein kurzes Gebet zu sprechen, was auf die meisten Passagiere sehr beruhigend wirkte, war er einer der besten Piloten im weiten polynesischen Luftraum. Eine Kostprobe seines hohen Könnens hatte er mir während einer Notevakuierung auf Tetiaroa gegeben. Damals musste er in einer mondlosen, stockdunklen Nacht auf einer Piste landen, die nur notdürftig mit ein paar Scheiterhaufen aus Kokoswedeln beleuchtet wurde.

Wir hatten zwei kurze Zwischenlandungen auf den Atollen von Anaa und Makemo sowie eine längere auf Hao, um Treibstoff zu tanken, und erst vier Stunden nach dem Abflug in Papeete setzte mich Freund Coquet in der sengenden Mittagssonne auf der korallenweißen Landebahn des Atolls von Tangatepipi ab.

Der Postmeister des Atolls erwartete mich schon. Ich war der einzige Passagier, der hier ausstieg, und er sollte mich mit dem «Kau» (seetüchtiges Motorboot) nach Takareva fahren, denn auf diesem Atoll gab es keine Landepiste.

Die ganze Bevölkerung der Insel war gekommen, um das nur einmal im Monat landende Flugzeug zu begrüßen. Das ist jedes Mal ein großes Ereignis, denn die Maschine bringt die Post sowie «dringend» benötigte Waren. Etwa sechzig Paumotus (Einwohner der Tuamotu-Inseln.) saßen im Sand unter der schattigen Krone eines großen «Kahaia», einer Art Balsa-Baum. Gleich nach dem Abflug der Maschine wurde wortlos die Post verteilt. In diesen kleinen Gemeinden kennt jeder jeden, da brauchen keine Namen aufgerufen zu werden.

Der Mara'amu, ein heftiger Südwind, hatte sich erhoben und den Großen Ozean gehörig aufgewühlt. So mussten wir fünf Tage warten, bevor wir aufs offene Meer hinausfahren konnten. Es waren für mich fünf Ferientage, an denen ich den Postmeister begleitete, wenn er seine Perlenzuchtfarm inspizierte oder draußen Seeschwalbeneier einsammelte.

Mein neuer Freund erklärte mir, wie die Paumotus beim Sammeln der Eier vorgehen; es ist eine Methode, die jede Verschwendung ausschließt. Und zwar verfährt man so:

Jedes Atoll hat meist eine kleine Insel, auf der die Vögel zu Tausenden dicht nebeneinander brüten. Indem man gut darauf achtet, kein Ei zu zerdrücken, legt man im Nest, das auf den Korallenstöcken angelegt wurde, eine Schnur zu einem kleinen Dreieck zusammen oder zeichnet einfach mit einem Stöckchen ein Dreieck in den Sand. Dann versetzt man sehr vorsichtig alle Eier aus dem Innern des Dreiecks nach außen.

Man muss aber sorgfältig darauf achten, dass die Eier bei dieser Operation nicht gedreht werden, damit die Küken in der Schale keinen Schaden nehmen. Dann braucht man nur noch am nächsten Morgen und an den darauffolgenden Tagen wiederzukommen und das oder die Eier einzusammeln, die sich innerhalb des kleinen Dreiecks befinden. Diese sind garantiert frisch, denn sie wurden in der Nacht zuvor gelegt. Seeschwalbeneier haben einen starken Fischgeruch, doch ich mag Omelett mit Fisch, ganz wie die Paumotus.

Ich nutzte diesen erzwungenen Aufenthalt auch, um in die bunte Zauberwelt der Tuamotu-Lagunen einzutauchen und voller Freude die tausend verschiedenen Schattierungen der Stein-, Horn- und Edelkorallen wiederzuentdecken. Ich ergötzte mich an den metallisch schillernden Lippen der Pahua, auch «Mördermuscheln» genannt, von denen einige Exemplare in diesen Gewässern rosa statt weiß gefärbt sind. Was für eine Freude, wieder einmal im märchenhaften Ballett der vielfarbigen Fischschwärme mitwirken zu dürfen, zwischen Meerengeln und prächtigen Halfterfischen schwebend!

Die blauen und grünen Papageifische erwarteten mich am Grund des Riffs mit geschminkten Lippen, als wollten sie mir alle einen dicken Kuss geben. Am Eingang ihrer Höhle zeigte mir eine Muräne ihre spitzen Zähne. Ein Clownfisch blieb regungslos vor meiner Brille stehen, bewegte kräftig seine kleinen Brustflossen und versuchte mich mit seinen großen, runden Augen zu hypnotisieren. Ein Tigerrochen schwebte im eleganten Gleitflug an mir vorüber. Ein großer Mako (Makrelenhai) tauchte auf, und selbst der stille Hoch-

Alex W. du Prel

mut, mit dem er mich betrachtete, erschien mir wie ein freundlicher Gruß jener farbenfrohen Welt des Schweigens. Das Tauchen mitten unter diesen so furchtlosen Fischen war wie eine Wiederbegegnung mit guten alten Freunden, die ich von anderen Lagunen her kannte. Ihre Neugier, ihre Zutraulichkeit und ihr endloser Reigen um mich ließen mich fast glauben, dass auch sie mich wiedererkannt hatten.

Wir brauchten sieben Stunden, um zum Takareva Atoll zu gelangen, das vierzig Meilen nordöstlich von Tangatepipi lag. Das Meer war noch ziemlich aufgewühlt und wild. Sieben Stunden lang peitschte uns die Gischt ins Gesicht. Sieben Stunden lang klammerten wir uns ans Armaturenbrett des «Kaus» der von einer Welle zur anderen sprang. Es war die reinste Tortur, denn jedes Mal, wenn das Boot mit dem Bug auf den nächsten Wellenberg klatschte, mussten wir in die Knie gehen, um den Aufprall abzufedern.

Todmüde, von der Sonne und vom Salz verbrannt, erreichten wir erst am Nachmittag den schmalen Pass im Barriere-Riff, durch den wir in die Lagune von Takareva einfuhren. Schlagartig kehrte Stille ein. Die Überquerung der kleinen, geschlossenen Lagune war wie eine Spazierfahrt in einer Badewanne. Zu unserer Rechten tauchte die Hauptinsel auf. Auf einer Landspitze, fast auf der Höhe des Strandes, reckte eine mit roten Ziegeln gedeckte kleine weiße Kirche stolz ihren Glockenturm. Beidseits des Gotteshauses zeichneten sich schemenhaft die wenigen Wohnhäuser ab, aus denen die Siedlung bestand. Um unsere Ankunft zu melden, läutete die Glocke.

Die Inselbewohner hatten sich am Strand versammelt, wo wir unseren Kau weich auflaufen ließen. Der Postmann umarmte alle Anwesenden; ich drückte zwanzig Männern und Kindern die Hand und durfte dann auch die holde Weiblichkeit des Atolls, ein gutes Dutzend Vahine und «Mamis», zur Begrüßung küssen.

Mein Gefährte verteilte die wenigen Briefe, die er mitgebracht hatte, und der Chef zeigte mir, wo ich wohnen würde - natürlich in seinem Zimmer. Ich lehnte erst ab, denn ich konnte mir gut vorstellen, wie er und seine Frau auf irgendeiner Matratze irgendwo auf dem Boden schlafen mussten. Doch er war nicht davon abzubringen. So sind nun mal die Gesetze der polynesischen Gastfreundschaft.

Der Raum war einfach möbliert: ein Himmelbett, über das eine wunderschöne Tifaifai (Patchwork) gebreitet war und über dem ein großes Netz hing, das vor den Moskitos schützen sollte; in einer Ecke stand ein mit kleinen, bunten Kissen geschmückter Tisch, und an der Wand hing ein großer Bilderrahmen, in dem ein Dutzend vergilbte Fotos eingeklebt waren. Es waren Hochzeitsbilder, Aufnahmen von Babys, ein Polynesier in der Uniform der französischen Armee, lächelnde junge Mädchen, eine Gruppe von Pilgern, fröhliche Menschen vor der Kathedrale von Papeete. Links neben den Fotos sah man in einem gesonderten Rahmen ein Abschlusszeugnis der Volksschule von Rangiroa.
Alles, was den Stolz einer einfachen, bescheidenen christlichen Familie ausmachte, die zwischen den Sternen und dem Ozean lebte, war hier auf der mit Korallenkalk getünchten Wand verteilt. Erinnerungstücke einer herzensguten Familie am Ende der Welt.

Nach einer raschen Mahlzeit - es gab Fisch und Uto, ein Gericht aus gekeimten Kokosnüssen, das wie ein gezuckerter Schwamm aussieht und manchmal «das Brot der Atolle» genannt wird - zog ich mich zurück. Ich war zum Umfallen müde.

Am nächsten Morgen, nach einem kurzen Gebet, stiegen wir - der Chef der Insel, ein junger Bursche und ich - in eine Piroge und fuhren los.

Der alte Mann hatte leider die Wahrheit gesagt. Fast alle Korallen der Lagune von Takareva waren abgestorben. Die großen Bänke unter Wasser, die gewöhnlich ein Feuerwerk märchenhafter Farbenpracht darboten, waren nur noch traurige braun-graue Anhäufungen. All die zarten Kalkskelette waren mit einer schleimigen, widerlich grauen Alge bedeckt. Keine einzige rote oder blaue Hornkoralle, kein einziger blau schimmernder Korallenfächer war mehr zu sehen. Selbst die großen Perlsteckmuscheln waren nur noch hässlich erstarrte Gebilde mit aufgesperrtem Mund, als hätten sie vor ihrem Tod einen letzten Angstschrei ausgestoßen. Auf dem sandigen Grund lagen weit verstreut Tausende von Schneckengehäusen, Kauris, Tritonshörnern und anderen Muscheln, tot und von Algen zugedeckt.

Wir tauchten den ganzen Tag in dieser gewaltigen Traurigkeit wie in einem maritimen Totenhaus. In allen Teilen der Lagune bot sich uns das gleiche Bild der Verwüstung. Überall hatten Algen die Skelette einer einst prächtig blühenden Fauna mit ihrem Schleim überzogen. Die einzigen Arten, die einigermaßen zu überleben schienen, waren die Riesenmuscheln sowie eine grüne Variante der Feuerkoralle. Und die Fische natürlich. Sie waren noch immer da, wenn auch sehr viel weniger als früher. Sie wirkten verstört und ängstlich, wie traumatisiert durch den katastrophalen Zusammenbruch ihrer Umwelt, die Millionen Jahre hindurch ein einzigartiges Paradies gewesen war.

Am nächsten Tag tauchten wir auf der anderen Seite des Barriere-Riffs im Meer um das ganze Atoll herum. Hier war alles quicklebendig, eine farbenfrohe Zauberwelt. Also hatte nur die Lagune einen Todesstoß erlitten.

Es war genau die gleiche Erscheinung wie jene, die man auf dem Suwarrow-Atoll und auf anderen kleinen Atollen des Pazifiks und des indischen Ozeans beobachtet hatte. Es würde weder leicht noch angenehm sein, den guten, unschuldigen Menschen hier den wahren Sachverhalt zu erklären.

Die Versammlung fand am gleichen Abend statt. Die Einwohner der Insel waren vollzählig erschienen und hatten es sich am Strand auf Peue (Matten aus geflochtenen Pandanus-Fasern) um ein Lagerfeuer herum bequem gemacht. Viele Kinder waren schon auf dem Schoß ihrer Mütter eingeschlafen. Im Westen hing der Halbmond zwischen den Sternen wie eine waagrechte Sichel und spiegelte sich als Strich auf der Lagune. Der Chef saß neben mir, um gegebenenfalls in die Paumotu-Sprache zu übersetzen. Ich war traurig und ratlos. Ich bin nicht gerne der Überbringer von Hiobsbotschaften.

«Hm ... die Sache ist so. Es stimmt, fast alle Korallen eurer Lagune sind tot. Leider ist euer Atoll nicht das einzige, das mit diesem Problem zu kämpfen hat. Es erleidet das traurige Schicksal vieler kleiner, in sich geschlossener und nicht sehr tiefer Lagunen im tropischen Teil des Pazifiks. Ich werde versuchen, euch die Sache zu erklären. Das Problem ist ziemlich kompliziert. Ich bitte euch, etwas Geduld zu haben, und wenn ihr Fragen habt, zögert nicht, sie mir gleich zu stellen.»

Sie stimmten mir alle mit den Augen zu, indem sie die Brauen hoben - die polynesische Art, ja zu sagen.

«Auf unserem Planeten vollzieht sich gegenwärtig ein Klimawechsel. Das ist euch sicher auch schon aufgefallen. Die Zyklone von 1983 haben da sehr deutliche Zeichen gesetzt. Der wunderbare und sehr empfindliche Zyklus der Jahreszeiten gerät immer mehr durcheinander. Und viele Menschen auf der Welt sind durch diesen Vorgang unmittelbar betroffen. Die Regenzeiten haben sich verschoben, wir erleben immer mehr Wirbelstürme und Hitzeperioden. Afrika wird von Dürren heimgesucht, die Millionen Menschen das Leben kosten, während anderswo sintflutartiger Regen reißende Schlammströme verursacht, die in Lateinamerika zum Beispiel schon ganze Städte unter sich begraben haben. In Nordamerika verdorrt das Getreide in der trockenen Hitze und in Europa verfault es auf dem Halm unter den anhaltenden Regenfällen. Das Klima der Erde ist aus dem Gleichgewicht geraten.

Diese wunderbaren Atolle, auf denen ihr lebt, stellen leider auch die empfindlichsten Lebensräume dar, die es auf unserem Planeten gibt. Ihr wohnt auf einem jener Streifen aus Sand und Korallen, die im Durchschnitt anderthalb Meter über dem Meeresspiegel liegen. Und der Ozean, der sie umgibt, ist 18000 Kilometer lang und breit. Anderthalb Meter auf 18000 Kilometer. Es ist, als würde man ein kleines Stück Papier auf die Wasserfläche eurer Lagune legen, die einen Durchmesser von sechs Kilometer hat. Darüber hinaus wird eure Lagune nur durch ein Barriere-Riff geschützt, das euch als lebendiger Schutzwall dient. Er setzt sich aus Milliarden kleiner Polypen zusammen, die in einem fort Kalk produzieren und damit verhindern, dass euer Atoll in der Tiefe des Ozeans versinkt.

Da nun euer kleines Paradies der empfindlichste aller Lebensräume ist, war er zwangsläufig der erste, der unter dem Klimawechsel zu leiden hatte. Der Beweis liegt da vor uns. Eure Lagune ist tot.»

«Aber wie ist sie denn gestorben?» wagte der Chef zu fragen.

«Im Augenblick sind vor allem die kleinen, geschlossenen Lagunen am stärksten betroffen, jene, die nicht sehr tief sind und kein kühles Auftriebswasser mehr bekommen. Das ist bei euch der Fall. Ich werde versuchen, es euch zu erklären.

Seit 1982 haben sich Richtung und Stärke der Winde und Meeresströmungen geändert. Auch früher kam das immer wieder mal vor. Diese Klima-Anomalie heißt El Niño und dauerte vorher höchstens ein paar Monate. Aber seit 1982 ist sie zur Dauererscheinung geworden und hat das Leben in eurer Lagune zum Absterben gebracht und zwar folgenderweise:

Die Passatwinde, die früher auf dem gesamten Pazifik von Ost nach West bliesen, bleiben seit einiger Zeit aus. Es kommt manchmal sogar zu einer Umkehrung der Windrichtung. Durch die gleichmäßig wehenden Winde wurde die Meeresfläche aufgewühlt, und es wurde kälteres Tiefenwasser nach oben befördert. Dazu sagt man auch upwelling. Da diese das Wasser bewegenden Ostwinde ausbleiben, hat der Humboldtstrom aufgehört, kaltes Wasser aus der Antarktis in unsere Breiten zu transportieren, er hat sich ebenfalls umgekehrt. Weniger Passatwinde also und weniger kalte Strömungen. Und das hat ein dramatisches Steigen der Wassertemperatur zur Folge, was wiederum zur Entstehung von Zyklonen führt.

Durch die nachlassenden Passate entstehen aber auch weniger Wellen. Die starke Brandung, die sonst gegen das Riff anläuft und für eine ständige Erneuerung des Lagunenwassers sorgt, ist ebenfalls schwächer geworden. Es kann sogar ein ganzer Monat vergehen, ohne dass eine solche Brandung sich am Barriere-Riff bricht. Außerdem ist der Meeresspiegel gefallen, und zwar bis zu 40 Zentimeter. Denn die Strömungen und Winde aus dem Osten förderten zuvor so viel Wasser nach Westen, dass der gestaute Meeresspiegel im zentralpazifischen Raum um einiges höher lag als an der amerikanischen Küste.

Wir haben also einen stark erwärmten Ozean, einen niedrigeren Meeresspiegel und wenig oder gar keine Brandung, die das Wasser innerhalb der Lagune erneuert. Und obendrein eine Sonne, die das Ganze aufheizt. Das Wasser der Lagune erwärmte sich also, und gleichzeitig sank der Sauerstoffgehalt. In wenigen Wochen stieg die Wassertemperatur auf über 40 Grad, und das hat alle Korallen getötet. Sie wurden regelrecht gesiedet und erstickten. Es wurde alles zu Tode gesiedet. Kleine Lagunen erwärmen sich rasch und verbrauchen sehr schnell ihren Sauerstoff. Wie kleine Kochtöpfe. Die großen und tiefen Lagunen, in denen es mehrere Riffkanäle gibt, würden sich erst in vielen Jahren derart aufheizen. Deshalb hat Tangatepipi noch nicht gelitten.»

Es herrschte eine Weile tiefes Schweigen. Dann ergriff der Chef das Wort:

«Ja, du hast Recht. Ich erinnere mich, dass ich öfter in heißem, viel zu heißem Wasser gebadet habe. Wir haben miteinander schon darüber gesprochen. Außerdem war der Pegel der Lagune längere Zeit so niedrig, dass die Korallen aus dem Wasser herausragten.»

Nun erinnerten sich auch all die Anderen, und es folgte eine längere Debatte. Dann sagte der Chef:

«Es stimmt also, was du gesagt hast. Aber du hast uns nicht erklärt, warum das Klima sich ändert. Wird es sich wieder normalisieren?»

«Da muss ich euch leider enttäuschen. Es kann sogar noch schlimmer werden. Das meinen jedenfalls einige namhafte Wissenschaftler.»

«Aber warum? Haben wir denn etwas falsch gemacht?»

Die Armen! Wie alle Polynesier neigten sie dazu, sich für alles verantwortlich zu fühlen. Aber auch diesmal war diese kleine Menschengemeinschaft am Ende der Welt nur ein unschuldiges Opfer.

«Nein. Ihr habt bestimmt nichts falsch gemacht, seid unbesorgt. Es gibt zwei Schuldige für die Klimaänderungen: das Kohlendioxid und die Fluorchlorkohlenwasser-stoffe, kurz FCKW genannt. Passt auf, ich werde es euch erklären.

Kohlendioxid ist seit jeher ein Teil der Luft, die wir atmen. Aber seit dem Anbruch unseres technischen Zeitalters hat es eine rasche Zunahme dieses Gases in unserer Atmosphäre gegeben. Die moderne Industriegesellschaft benötigt große Mengen Energie, um den Menschen bestimmte schwere Arbeiten zu erleichtern, Arbeiten wie gehen, tragen, graben, schieben, Waren herstellen, heizen, kühlen.

Die dafür benötigte Energie liefern vor allem Verbrennungsmotoren, Automotoren, aber auch große Wärmekraftwerke. Und alle diese Motoren setzen sehr viel Kohlendioxid frei, so auch die Milliarden Autos, die es heute auf der Erde gibt. Und das hatte zur Folge, dass in den letzten dreißig Jahren der C02 Gehalt der Atmosphäre um zehn

Prozent gestiegen ist! Je mehr die Luft mit diesem Gas angereichert wird, desto mehr Wärme nimmt sie von der Sonne auf und gibt sie an die Erde weiter. Und umso mehr ändert sich das Klima. Das nennt man Treibhauseffekt.

Das andere Gas, dieses FCK-Dingsbums, das hat der Mensch vor fünfzig Jahren erfunden, um seine Kühlschränke zu betreiben. Leider fanden sich bald auch noch andere Anwendungsmöglichkeiten, wie Spraydosen und Klimaanlagen.

Dieses Gas zerstört die Ozonschicht in der mittleren Atmosphäre. Und diese Schicht absorbiert normalerweise einen Großteil der schädlichen ultravioletten Strahlung der Sonne. Die Strahlung dringt also tiefer, und das Kohlendioxid nimmt noch mehr Wärme auf, was zu einer weiteren Änderung des Klimas beiträgt.»

Betroffenes Schweigen herrschte jetzt. Ich spürte, dass meine Freunde nicht recht begriffen hatten, worum es ging. Man muss nämlich wissen, dass es auf diesem Atoll weder Spraydosen noch Fahrzeuge und schon gar keine Klimaanlagen gibt. Ich musste ihnen die Sache noch anschaulicher erklären.

«Eine Klimaanlage ist eine Art Kühlschrank für Menschen. Wenn es draußen heiß ist, schalten die Leute der Stadt diese Maschinen ein, um es in ihren Häusern kalt zu haben. Der Stromverbrauch ist sehr hoch, und dadurch wird viel Kohlendioxid an die Luft abgegeben. Außerdem ist es sehr teuer, aber diese Leute haben viel Geld, das sie gern aus dem Fenster hinauswerfen. Leider gibt es noch Schlimmeres. In Nordamerika und in Europa leben die meisten Menschen in einem kalten Klima. Sie arbeiten hart und träumen alle davon, in einer wärmeren Region wie Florida oder wie der Côte d'Azur zu leben. Eines Tages haben sie es geschafft und ziehen in eine dieser Gegenden. Aber anstatt das warme Klima zu genießen, bauen sie in ihren Häusern gleich Klimaanlagen ein, um die Kälte wiederzuhaben, der sie gerade unter so großen Mühen entflohen sind. Sogar ihre Autos und ihre Arbeitsplätze sind mit solchen Anlagen ausgerüstet. Man fragt sich wirklich, warum sie in ein wärmeres Land ziehen, wenn sie die Kälte so sehr mögen.

Dieses sonderbare Verhalten von Millionen von Menschen hat eine ganze Industrie entstehen lassen, die Jahr für Jahr Millionen Kältemaschinen produziert. Und viele dieser Maschinen werden eines Tages undicht, das Gas entweicht, und die Maschinen landen schließlich auf dem Müllhaufen. Das Gas gelangt in die Atmosphäre und zerstört unsere Ozonschicht noch ein bisschen mehr, was zu einer weiteren Veränderung des Klimas führt.»

Die Inselbewohner sahen mich mit großen Augen an. Der Chef fand als erster die Sprache wieder:

«Stimmt das, was du uns da erzählst? Oder willst du dich über uns lustig machen?»

«Ich mache kein Spass! Leider ist das alles wahr. Allzu wahr. Aber ich muss euch noch die Sache mit den Spraydosen erzählen. Sie enthalten das gleiche Gas, aber nicht, um Kälte herzustellen. Es ist nur dazu da, völlig nutzlose Sachen zu verspritzen.

Früher, wenn eine Frau sich mit etwas Monoi pipi (Parfüm) besprühen wollte, nahm sie eine kleine Flasche mit einem kleinen Gummiball am Ende, drückte zweimal auf den Gummiball, pft! pft!, und schon roch sie gut.

Es ist aber offenbar sehr ermüdend, zweimal auf ein Gummibällchen zu drücken. Deshalb hat der Mensch die Spraydose erfunden, auf deren Knopf man nur einmal zu drücken braucht. Das zerstört zwar die Ozonschicht, aber das ist ja nicht so wichtig. Der kleine süße Finger muss sich nicht mehr anstrengen. Das allein zählt.

Und weil die zivilisierten Menschen gern solche Spraydosen kauften, wurde alles mögliche in sie abgefüllt: Wachs, das die Möbel zum Glänzen bringt, Rasierschaum, Deospray, das man sich unter die Arme spritzt, Duftmittel, damit die Toilette gut riecht, Schlagsahne für den Kuchen, Stärkemittel für die Wäsche, Haarlack - kurzum alles Dinge, die man auch ohne dieses Gas verwenden kann.»

Mein Auditorium schaute mich fassungslos an. Ein Murmeln ging durch die kleine Gruppe. Der Chef ergriff wieder das Wort.

«Willst du uns damit sagen, dass unsere Lagune tot ist, weil die Popaa (die Fremden) es gern kalt haben, weil sie ihren kleinen Finger nicht anstrengen wollen und weil ihre Toilette nach Rosenwasser duften soll?»

«Ja, aber es sind nicht nur die Popaa. So ist das in allen Städten der Welt. Selbst auf Tahiti. Du warst doch vor kurzem in Papeete. Da hast du sicher die Paläste gesehen, die die Regierung für sich bauen lässt. Die Krankenkasse, das Finanzamt, das Rathaus von Papeete - sie sind alle klimatisiert. Manche Gebäude haben nicht einmal Fenster, die man aufmachen könnte. Einhundertfünfzig Jahre lang genügte es, ein Fenster zu öffnen oder den Ventilator anzustellen. Aber heute können die Leute nicht mehr arbeiten, wenn die Klimaanlage nicht läuft. Es werden auch immer mehr Autos damit ausgestattet. Das nennt man dann Fortschritt. Apropos Autos: Jeder will heute ein Auto haben. Ohne Auto bist du kein Mensch. Das Straßennetz auf Tahiti ist gerade 130 Kilometer lang, aber die Autos, die eingeführt werden, ergeben jedes Jahr, aneinandergereiht, über 20 Kilometer.

Das hat zu einer völlig absurden Situation geführt. Auf diesem kleinen Eiland mitten im weiten Ozean geraten diese Leute, die keine hundert Meter mehr zu Fuß gehen können und den Lebensstil der großen Industrieländer nachäffen, mit ihren Wagen immer wieder in Riesenstaus. Und das Ganze spielt sich nur wenige Kilometer von friedlichen Kokosplantagen und stillen Stränden ab.

Nein, an den Popaa allein liegt es nicht. Es ist vielleicht dein Bruder oder dein Vetter, der in diesem Augenblick mit seinem klimatisierten Wagen in sein klimatisiertes Haus fährt und mit dazu beiträgt, deine Lagune zu töten. Da gibt es etwas, ein Virus vielleicht, das den Leuten den Kopf verdreht, wenn sie sich zum Leben in einer Stadt niederlassen. Sie werden zu Wesen, die immer mehr haben wollen, die ihre Spielzeuge haben müssen, vor allem immer gerade das, was der Nachbar besitzt. Das ist es, was deine Lagune tötet. Verantwortlich für die Zerstörung sind zwar das Kohlendioxid und das FCKW, aber die wahren Schuldigen sind die Stadtmenschen.»

«Aber wissen die Chefs der Städte denn nicht, dass ihre Leute unsere Lagune und unsere Fische umbringen? Du wirst es ihnen doch sagen?»

«Natürlich wissen sie es. Seit vielen Jahren.»

«Na gut! Also haben sie die Klimaanlagen und die unnützen Autos verboten?»

«Nein, nichts dergleichen. Sie haben aber Konferenzen abgehalten - in großen, klimatisierten Sälen. Wissenschaftler aus der ganzen Welt sind dazu angereist. Sie haben beschlossen, die Herstellung von FCKW in den nächsten dreißig Jahren um die Hälfte zu reduzieren. Nein, nein, ich mache keine Witze. Manche Länder haben den Verkauf von Spraydosen auf seinem Territorium verboten. Aber die Dosen, die in andere Länder exportiert werden, enthalten noch immer dasselbe Gas. Bei den Autos hat sich gar nichts geändert. Im Gegenteil. Ende vergangenen Jahres haben die Regierungen in allen Industrieländern die Sektkorken knallen lassen, weil Millionen Autos mehr hergestellt worden waren als im Vorjahr. Alle diese Fahrzeuge werden mindestens zehn Jahre lang Kohlendioxid in die Atmosphäre pusten - um das Klima noch mehr zu verändern, um die Lagune endgültig zu töten.»

Der alte Chef sah mich fassungslos an. Nach einer längeren Pause fand er die Sprache wieder:

«Aber diese Leute sind doch verrückt geworden! Was wird mit uns? und mit unserer Lagune?»

«Leider gibt es nur ein paar Hundert Atolle auf der Welt mit ein paar Tausend Einwohnern. Ihr fallt also nicht groß ins Gewicht. Ihr habt keinerlei Einfluss. In den großen Städten leben Millionen von Menschen von der Herstellung, vom Vertrieb und vom Verkauf all dieser Spraydosen, Klimaanlagen und Autos. Die Regierungen bereichern sich an diesen Industrien. Sie werden doch nicht die Henne schlachten, die ihnen die goldenen Eier legt. Es sind übrigens die Regierungen selbst, die die größten Autos fahren und die größten klimatisierten Paläste besitzen. Man braucht sich nur in Papeete umzusehen.

Für den Schutz der Umwelt wird solange nichts getan werden, wie das Leben in den Städten durch die Klimaänderungen nicht empfindlich beeinträchtigt wird. Wenn überhaupt. Denn sollten die Temperaturen steigen, werden kurzerhand noch mehr Klimaanlagen aufgestellt. Nimmt die Luftverschmutzung dramatisch zu, setzt man sich einfach Masken auf, wie das ab und zu schon in japanischen Großstädten geschieht. Und wenn mal ein Atomkraftwerk explodiert und ganz Europa mit einer radioaktiven Wolke überzieht, regt das kaum jemanden auf. Diese Leute sind bereit, fast alles hinzunehmen, solange man ihnen ihre Spielzeuge lässt und solange ihnen das Fernsehprogramm einigermaßen gefällt.

Ihr lebt hier auf eurem Atoll im Gleichklang mit der Natur. Der Stadtmensch will von der Natur nichts wissen. Er wünscht sich ein gleichbleibendes, künstliches Klima. Schaut euch doch die Häuser in den Städten an. Sie besitzen kaum noch Fenster. Der Städter bevorzugt künstliches Licht, Neonlicht. Sein Fuß soll die Muttererde nicht berühren. Das ist für ihn nur Dreck, mit dem er seine wie Spiegel glänzenden Schuhe beschmutzen könnte. Deshalb lässt er jeden Quadratmeter Erdboden, auf den er seinen Fuß setzen könnte, einfach zubetonieren.

Wenn ein hundertjähriger Baum, der Generationen Schatten und Früchte gespendet hat, einen Autofahrer zum Bremsen zwingt, wird er gnadenlos gefällt. "Weg da, der Fort-schritt kommt!" heißt es. Ganze Wälder werden auf Millio-nen von Quadratkilometern geschlagen, weil sie als "unrentabel" betrachtet werden. Dabei sind sie es, die das Kohlendioxid assimilieren und unsere Erde mit Sauerstoff versorgen. Doch dieser Sauerstoff lässt sich nicht verkau-fen, also ist er auch nicht "rentabel". Deshalb werden die Wälder durch gewinnbringende Kulturen ersetzt.

Eure Lagune leidet unter den Auswirkungen dessen, was in den Städten am anderen Ende der Welt passiert. Sie ist damit eines der ersten Opfer des menschlichen Wahnsinns in die-sem Jahrhundert. Es wird aber noch viel mehr Opfer geben, auch solche, die man sich heute noch gar nicht vorstellen kann. Den Hunger hat der Stadtmensch schon lange besiegt. Heute gelüstet es ihn vor allem nach den neuesten Produk-ten der Industriegesellschaft. Er braucht sie so wie das Kleinkind die Mutterbrust. Sie geben ihm Sicherheit und Geborgenheit. Denn so arrogant diese Stadtmenschen auch erscheinen mögen, sie leben in der ständigen Angst, sie könnten ihre netten, kleinen Spielzeuge verlieren. Sie sind im Grunde nur arme Marionetten, welche unter einer Unsi-cherheit leiden, die ihr euch hier auf eurem Atoll nicht ein-mal vorstellen könnt.»

———

Drei Wochen später saß ich wieder meinem Freund, dem Minister gegenüber, in seinem klimatisierten Büro im gro-ßen, fensterlosen Gebäude. Obwohl er ein Tahitianer war, sah er ziemlich blass aus. Im Neonlicht wird man nicht braun.

Ich hatte ihm von meiner traurigen Reise berichtet. Er schwieg, schaute mich an, dachte nach.

Nach einer guten Viertelstunde brach ich unser Schweigen und sagte:

«Hm ... Übrigens, ich habe der Bevölkerung von Takareva nicht alles gesagt.»

«Ach ja? Was gab es denn sonst noch zu sagen?»

Diesmal schwieg ich eine Minute lang.

«Also es geht um zwei Dinge. Erstens um den Fisch, ihr Grundnahrungsmittel. Die Lagune ist voll mit toten Korallen, und das ist der ideale Lebensraum für eine kleine, grüne Alge, die Ciguatoxin heißt. Sie führt bei den Fischen, die sie fressen, zur Ciguatera, einer Eiweißvergiftung. Und dieses Gift wird auf die gesamte Nahrungskette in der Lagune übertragen. Eine einzige Alge dieser Art, die in die Lagune gelangt, kann sich sehr schnell vermehren, und in zehn Jahren wird es in diesem Wasser keinen einzigen essbaren Fisch mehr geben. Sie werden alle vergiftet sein. Wie die Fische von Palmyra, von Wake Island, von Canton Island, von Christmas Island, von Rikitea. Auf all diesen Inseln waren während des Zweiten Weltkrieges - und danach - durch wiederholtes Ausbaggern viele Korallen zerstört worden. Heute, fünfundvierzig Jahre später, kann man die Fische aus diesen Lagunen noch immer nicht essen.

Zweitens: der Anstieg des Meeresspiegels. Unser Planet wird wärmer. Wie Metall vergrößert auch das Wasser sein Volumen, wenn es sich erwärmt. Hinzu kommen die Polkappen. Sie werden schmelzen. Das Wasser gelangt ins Meer. Diese beiden Faktoren werden den Meeresspiegel steigen lassen. Die Wissenschaftler sind sich nur noch nicht über die Höhe des Anstiegs einig. Die Optimisten sagen: 50 Zentimeter in den nächsten hundert Jahren. Die Pessimisten sagen: ein Meter. Aber ein Meter genügt vollkommen, um die Atolle unbewohnbar zu machen. Fünfzig Zentimeter reichen, um die Süßwasserlinse zu zerstören.»

Mein Freund wurde nun etwas ungehalten.

«Und was sagen deine verdammten Wissenschaftler sonst noch?»

«Es gibt nur zwei Dinge, in denen sie sich einig sind. Erstens: Zum ersten Mal in der Geschichte des Planeten ist es dem Menschen gelungen, das Klima global zu verändern. Und zweitens: Die sich vollziehenden Änderungen sind unumkehrbar.»

Ich verließ das Büro mit dem deutlichen Gefühl, dass es gescheiter wäre, mich eine Zeitlang nicht mehr blicken zu lassen.

Das sonderbares Rätsel
vom Vaiami Hospital

IM Westteil von Papeete, der kleinen Hauptstadt von
Französisch-Polynesien, gibt es auch heute noch eine
kleine Insel des Friedens und der Besinnlichkeit. Es ist
das Krankenhaus von Vaiami, eine ehemaliges koloniale
Spital und letztes Überbleibsel eines ganzen Stadtviertels,
das im vergangenen Jahrhundert im Stil der Militärarchi-
tektur des Second Empire errichtet worden war.

Eingeschossige Flachbauten ordnen sich um mehrere
kleine Parks. Die Dächer sind mit roten Ziegeln gedeckt,
die damals im Zentralmassiv des Mutterlands Frankreich
hergestellt wurden und den Transportschiffen der Kriegs-
marine bei der Umschiffung des Kap Horn oder bei starkem
Gegen-Passat als Ballast dienten. Überdachte und durch
schmiedeeiserne Geländer begrenzte Gänge, in denen hie
und da Sitzbänke stehen, stellen die Verbindung zwischen
den einzelnen Gebäuden her. Die schweren Träger aus ge-
schmiedetem und vernietetem Stahl ruhen auf formschönen,
gusseisernen Säulen.

Das Spital ist jenen Krankenhäusern zum Verwechseln ähnlich, die man auch in anderen Städten wie Pondicherry, Dakar oder Cayenne findet, diesen alten Säulen einer ruhmreichen kolonialen Vergangenheit. Die Militärzeichner von Napoleon III. hatten einen Stil geschaffen, der dem Lebensrhythmus, der Hitze und der Atmosphäre in den Tropen bestens angepasst war.

Es ist noch gar nicht so lange her, da bestand das ganze Wohnviertel um das Krankenhaus herum aus solchen hundertjährigen, im alten Baustil errichteten Steinhäusern. Doch plötzlich, wie ein Zyklon aus heiterem Himmel, brach in der Gestalt klimatisierter Betonbauten eine Welle der Erneuerung über Tahiti herein. Sie räumte weit gründlicher mit den Zeugen einer nostalgischen Vergangenheit auf, als es eine Horde Barbaren vermocht hätte, so dass der Erhalt der Krankenhausanstalt von Vaiami eher einem Wunder als einem Akt der Vernunft zu verdanken ist.

Eines Tages schoss am anderen Ende von Papeete ein völlig neues, modernes Krankenhaus aus dem Boden. Angezogen vom Glanz des Neuen, bewarben sich sämtliche medizinische Einrichtungen um Räume in dem neuen Gesundheitskomplex.

Das alte Spital verwaiste, vergessen und verschmäht wie ein Spielzeug, das für seinen halbwüchsigen und verwöhnten Besitzer jeden Reiz verloren hat. Der durchgreifende Wandel, der sich auf der kleinen tropischen Insel in vielen Lebensbereichen vollzog, führte indes auch zu einem dramatischen Verfall der Grundwerte in der tahitianischen Gesellschaft. Als Beweis für die gelungene Modernisierung des Landes häuften sich die Fälle seelischer Störungen in der Stadtbevölkerung. Und so wurde dem Krankenhaus von Vaiami bald eine neue Aufgabe zuteil -- als psychiatrische Klinik oder, anders ausgedrückt, als Irrenanstalt von Französisch-Polynesien.

An einem klaren Junimorgen tauchte an diesem Ort der Fürsorge ein Mann auf, der bald als Sonderfall in die Annalen der psychiatrischen Geschichte eingehen sollte.

Die diensthabenden Ärzte und Psychiater hatten sich wie immer zu ihrer morgendlichen Beratung versammelt und besprachen gerade einzelne Behandlungsverfahren, als ein Tahitianer, sein Bündel in der Hand, in ihre Runde hereinplatzte. Er mochte etwa fünfundzwanzig Jahre alt sein und war ein großer, schöner Mann, breitschultrig und mit der stolzen Haltung der Polynesier. Er war barfuß, trug eine kurze Baumwollhose und ein blaues T-Shirt. Nach seinen rauen und kräftigen Händen zu urteilen, war er körperliche Arbeit gewohnt. Seine schwarzen Augen hielt er zusammengekniffen, denn er lächelte ständig, sehr freundlich und voller Sanftmut.

Er schien sich mächtig zu freuen, endlich hier zu sein, vor dem versammelten ärztlichen Personal. Er ging um den Tisch herum und drückte jedem Anwesenden die Hand.

Die Ärzte stellten ihm Fragen, aber er antwortete auf Tahitianisch. Da ließen sie einen Dolmetscher-Pfleger holen.

«Ich bin gekommen, um hier zu bleiben. Ich bin Timi.» Und er ging noch einmal um den Tisch herum, schüttelte erneut jedem die Hand, den Ärzten wie den Pflegern, und strahlte vor Freude. Dann sah er sich um, betrachtete jedes Bild an der Wand, jedes Plakat, jedes Möbel, strich mit der Hand über den weißen Lack des Schranks, der an der Wand stand.

Die Ärzte sahen ihn staunend an, ließen sich aber nicht aus der Fassung bringen. Ruhe ist der oberste Grundsatz allen psychiatrischen Wirkens. Also fragten sie ihn zwei Stunden lang aus, konnten aber nur soviel aus ihm herausbekommen: Er hieß Timi und war hergekommen, um hier zu bleiben. Und das, was er bisher gesehen hatte, schien ihm ausnehmend gut zu gefallen. Weitere Informationen konnten sie ihm nicht entlocken, weder seinen Familiennamen noch seinen eigentlichen Wohnort. Er sagte nur, dass er von den Inseln kam. Der dolmetschende Wärter meinte, an seinem Tonfall die Mundart zu erkennen, die auf den Inseln unter dem Winde gesprochen wurde, also auf Huahine, Raiatea oder Bora Bora.

Schließlich mussten die Ärzte Timi erklären, dass er unmöglich hierbleiben könne, da Vaiami ein Krankenhaus und kein Hotel sei. Der junge Mann sah sie verwundert an und sagte:

«Aber ich bin doch Timi. Ich bin gekommen, um hier zu leben. Ich muss hier bleiben.»

Das mühsame Gespräch dauerte noch den ganzen Tag. Doch der junge Mann war durch nichts von seinem Entschluss abzubringen. Als der Abend kam, wurde er freundlich, aber bestimmt vor die Tür des Krankenhauses gesetzt.

Das konnte allerdings Timi die gute Laune nicht verderben. Seelenruhig wickelte er sein Bündel auseinander, breitete seine Peue (eine Matte aus geflochtenen Pandanusfasern) unter dem Vordach der alten Toreinfahrt neben dem Wächterhäuschen aus und machte es sich für die Nacht bequem.

Doch auch Ärzte können hartnäckig sein.

Sie ließen ihn zwei Tage lang in der Einfahrt kampieren. Timi rührte sich nicht von der Stelle. Er unterhielt sich mit den Vorübergehenden und ernährte sich von Sandwiches, die andere Tahitianer ihm brachten. Mit einem der Wächter hatte er sogar Freundschaft geschlossen und führte bald angeregte Gespräche mit ihm. Ins Krankenhaus hinein ging er nur, um die Toiletten aufzusuchen.

Die Psychiater, die sich noch immer über das Verhalten des jungen Tahitianer wunderten, befragten den Wächter, um mehr über ihn in Erfahrung zu bringen. Und dieser erklärte:

«Der junge Mann kommt aus einer ländlichen Gegend. Sein Vater ist vor kurzem gestorben; Timi verehrt ihn sehr. Wir haben uns vor allem über Fragen des Landbaus unterhalten. Er weiß genau, wie man Bananen, Tarua und Kürbisse anbaut. Er ist ein sehr sanftmütiger Mensch und gut erzogen. Als Christ hat er die Sonntagsschule besucht, denn er zitiert oft und in gutem Tahitianisch Sprüche aus der Bibel. Eine normale Schule hat er anscheinend nur wenig oder gar nicht besucht. Er ist zum ersten mal auf Tahiti und kennt hier niemanden. Aber er will unbedingt im Krankenhaus bleiben. Er sagt, dass hier, in diesem Krankenhaus sein Zuhause ist. Deshalb wird er bleiben.»

Aus Gründen der Menschlichkeit und weil ihn der Anblick dieses in der Einfahrt seiner Anstalt lagernden Menschen störte, beschloss der Chefarzt, Timi im Krankenhaus unterzubringen, bis die Polizei, der er den Fall gemeldet hatte, ihre Nachforschungen abgeschlossen hatte.

Als Timi das Zimmer sah, in dem er wohnen durfte, strahlte er vor Freude übers ganze Gesicht. Er ging durchs Haus und schüttelte allen Patienten und Angestellten die Hand. Und er bot sich an, bestimmte Arbeiten zu verrichten.

Der Inspektor der städtischen Polizeidirektion erschien am übernächsten Vormittag. Das Verhör dauerte vier Stunden, brachte aber nicht mehr ein als das, was man schon wusste. Dieser sanftmütige junge Mann war ein absolutes Rätsel. Er schien vom Himmel gefallen zu sein. Und immer wieder hörte man ihn sagen: «Ich muss hierbleiben.»

Bevor die Polizisten gingen, machten sie noch ein Foto von Timi, das in der Nachrichtensendung des Fernsehens gesendet und in der lokalen Presse veröffentlicht werden sollte.

Doch niemand meldete sich. Niemand schien diesen Timi zu kennen. Sonderbar. Tahiti ist doch ein kleines Land.

Zwei Wochen später ließen sich die Polizisten erneut blicken, ebenso ratlos wie am Anfang. Keine ihrer Nachforschungen hatte etwas erbracht. Aber sie hatten einen Plan ersonnen, den sie den Psychotherapeuten erläuterten:

«Wir werden ihn auf den Schoner bringen, der zu den Inseln unter dem Winde fährt. Wir haben für ihn eine Passage bis nach Bora Bora gebucht. Wenn er an seiner Insel vorbeifährt, wird er sie wiedererkennen und an Land gehen wollen, um wieder zu Hause zu sein. Der Superkargo meldet uns dann den Namen der Insel und wir können unsere Nachforschungen an Ort und Stelle weiterführen. Der Schoner Temehani läuft morgen Abend aus. Wir werden ihn eine Stunde vor der Abfahrt abholen.»

Sie kamen und begleiteten Timi zum Schiff.

Drei Tage später war Timi wieder zurück, ging in sein Zimmer und setzte sich fröhlich lächelnd auf sein Bett. Durch die kleine Kreuzfahrt zu den Inseln hatte er wieder Farbe bekommen.

Diesmal kam der Ober der Gendarmerie Nationale persönlich, um aufzuklären:

«Als er an Bord des Schoners ging, hat er den Superkargo gefragt, wohin das Schiff fahre. Dieser hat ihm erklärt, dass sein Schiff bei allen Inseln bis Bora Bora vor Anker gehen werde, auch auf der Rückreise. Doch dieser Timi hat das Schiff kein einziges Mal verlassen. Er hat mit vielen tahitianischen Passagieren gesprochen, schien aber keinen von ihnen zu kennen. Der Superkargo wollte, dass er im letzten Hafen an Land gehe, doch Timi hat sich geweigert. Nach der Ankunft in Papeete hat er sich beim Kapitän lobend über das Essen an Bord geäußert. Die Schifffahrtgesellschaft hat uns gerade die Rechnung für die Hin- und Rückfahrt zugeschickt.

Wir haben bei allen Polizeistationen auf den Inseln unter dem Winde Nachforschungen anstellen lassen. Wir haben seine Fingerabdrücke an die Zentralkartei geschickt. Er ist nirgends registriert. Er hat nicht einmal seinen Militärdienst geleistet, scheint also bisher völlig außerhalb des Systems gelebt zu haben. Ein wirklich außergewöhnlicher Fall. Ich werde ihn also bei Ihnen lassen.»

«0 nein!» antwortete der Chefarzt. «Wir können ihn hier nicht behalten, er ist allem Anschein nach psychisch nicht gestört. Er benimmt sich völlig normal. Sie sind jetzt für ihn verantwortlich. Nehmen Sie ihn mit.»

«Aber was soll ich denn mit ihm tun? Er hat doch kein Verbrechen begangen. Er wird nicht gesucht. Es ist eher das Gegenteil, wie Sie zugeben müssen. Sie brauchen ihn doch nur vor die Tür zu setzen.»

«Das haben wir alles schon versucht. Er will nicht gehen. Er ist von diesem Krankenhaus völlig fasziniert. Und das ist absolut unbegreiflich.»

Der Polizeidirektor dachte eine Weile nach, kratzte sich am Kinn und gab sich dann innerlich einen Ruck:

«Also gut. Ich werde ihn für zweiundsiebzig Stunden in Gewahrsam nehmen, das heißt so lange, wie das Gesetz es erlaubt. Aber danach muss ich ihn wieder freilassen. Vielleicht bringt ihn das zur Vernunft, und er fährt nach Hause zurück.»

Der Gendarm verließ das Krankenhaus, an der einen Hand Timi und in der anderen dessen Bündel.

Zwei Tage später, als die Ärzte morgens in die Klinik kamen, saß Timi wieder auf seinem Bett, freundlich lächelnd wie immer. Man rief bei der Gendarmerie an und bat um Erklärungen. Der Polizeidirektor kam um zwölf Uhr ins Krankenhaus. Er war ziemlich aufgeregt:

«Er ist uns entwischt. Da er sehr friedfertig und hilfsbereit ist, hatten wir ihn für Hilfsarbeiten in der Küche angestellt, und er konnte fliehen, indem er sich im Müllcontainer versteckte. Sagen Sie das aber bloß nicht weiter, das wäre ein gefundenes Fressen für die Presse: Man würde unser Gefängnis mit einem Sieb vergleichen. Doch an der Sache ist auch was Gutes dran: Jetzt gehört er wirklich Ihnen.»

«Kommt überhaupt nicht in Frage. Sie nehmen ihn wieder mit und sperren ihn ein!»

«Hören Sie mal gut zu, Doktor: Sie müssen die Dinge so sehen, wie sie sind. Ein Mann flieht aus dem Gefängnis, um in eine Irrenanstalt zurückzugehen, die im Grunde nur eine andere Art von Gefängnis ist. Sie müssen zugeben, das ist doch ein eindeutiger Fall von geistiger Umnachtung.»

«Wir sind kein "Irrenhaus", Herr Polizeidirektor. «Wir sind eine psychiatrische Klinik. Wir behandeln Menschen, wir sperren sie nicht ein.»

«Sie können das nennen, wie Sie wollen, Doktor, aber dieser Timi scheint mir nicht alle Tassen im Schrank zu haben. Und da es Ihre Berufung ist, solche Menschen zu behandeln, ist er bei Ihnen am besten aufgehoben. Und damit gehört er ganz allein Ihnen. Auf Wiedersehen, meine Herren!»

Der Polizeibeamte verließ den Raum und war nur zu froh, den schwierigen Fall endlich abgeschlossen zu haben.

Die morgendliche Besprechung der Ärzte am nächsten Tag war ganz dem Fall Timi gewidmet. Die Tatsache, dass der junge Mann nun auf ganz legale Weise im Krankenhaus weilte, kam einigen Psychiatern sehr gelegen. Sie sahen in ihm einen außergewöhnlichen Fall. Timis sanftes, umgängliches Wesen machte die Sache noch interessanter. Diesmal hatten sie es nicht mit Symptomen von Schizophrenie zu tun, wie sie in der gemischten Bevölkerung von Papeete immer häufiger auftraten und von der Zerrissenheit der «Mestizen» im Spannungsfeld zweier Kulturen zeugten; auch nicht mit akuten Depressionen oder Anfällen von Gewalttätigkeit als Reaktion auf eine Umwelt mit dramatisch veränderten Wertvorstellungen.

Am erstaunlichsten war die Tatsache, dass die Ärzte sich um den neuen Patienten förmlich rissen. Der Chefarzt musste klärend eingreifen. Er übertrug Timis Behandlung an Dr. Gomez.

Das war eine gute Wahl. Frau Dr. Julie Gomez, eine vierzigjährige Dame, groß, schlank und noch sehr schön, war wohl die erfahrenste Psychoanalytikerin der Gruppe. Sie hatte fast zwanzig Jahre als Assistentin von Prof. Sonnblum im Krankenhaus La Salpétrière in Paris gearbeitet und war damit eine anerkannte Autorität auf dem Gebiet psychischer Erkrankungen und Verhaltensstörungen. Phobien waren ihr Spezialgebiet. Die Obsession, unter der Timi zu leiden schien, gehörte zu dieser Art von psychischen Störungen.

Die Anwesenheit einer so hochkarätigen Spezialistin in einer so kleinen Einrichtung wie der psychiatrischen Klinik von Vaiami war an sich schon erstaunlich, aber leicht zu erklären: Vor einem Jahr verwitwet und Mutter von erwachsenen Kindern, die beruflich längst selbständig waren, hatte sich Dr. Julie Gomez eines Tages entschieden, ihre berufliche Laufbahn in der Fremde zu beschließen und damit eine für sie völlig neue Welt zu entdecken. Sie hoffte, dass dieser radikale Schritt ihr helfen würde, ihrem einsamen Witwendasein einen neuen Sinn zu geben.

Diese Entscheidung sollte sie nie bereuen. Auf Tahiti entdeckte sie voller Staunen eine Welt, in der sich eine tiefe, grundlegende Wandlung vollzog, eine Gesellschaft, in der sich die ersten Symptome einer beginnenden «Zivilisationskrankheit» manifestierten.

Gebannt sah sie zu, wie Menschen, für die das Wort «Zukunft» gestern noch kein einen Sinn gehabt hatte, weil sie sich um das Morgen keine Sorgen zu machen brauchten, sich blindlings in den Fallstricken der Konsumgesellschaft verfingen, völlig neuen Zwängen erlagen und durch «günstige Kredite» und durch die Jagd nach materiellen Gütern immer mehr ihre alte Freiheit einbüßten.

Da sie klarer als andere erkannte, auf welche verhängnisvolle Bahn die kleine tahitianische Gemeinschaft geraten war, war sie oft versucht, den Betroffenen Warnungen zuzurufen und sie von ihren Erfahrungen profitieren zu lassen, bevor es zu spät war, bevor diese Inseln ihr Lächeln und ihre so einzigartige Gelassenheit verloren. Wiederholt hatte sie mit dem Chefarzt über ihre Befürchtungen gesprochen, aber dieser hatte ihr den Rat gegeben, sich nicht einzumischen.

«Wir sind nur ein kleines Team von Psychiatern und keine Soziologen. Wir sind hier, um zu heilen, und nicht, um die Gesellschaft zu ändern. Und vor allem dies: Eine scharfe Kritik des Systems, das sich hier breitmacht, könnte von den lokalen Politikern als persönlicher Angriff auf ihre "Modernisierung" Bemühungen verstanden werden.

Hören Sie, meine liebe Julie, Sie wissen genauso gut wie ich, dass alle diese Herren sich in ihrer Haut nicht sehr wohl fühlen, dass sie diese glitzernden und teuren Dinge brauchen, um sich Tag für Tag ihre eigene Wichtigkeit zu beweisen. Haben Sie nicht selbst gesagt, dass der große 4x4 in seiner verchromten Ausführung zum Beruhigungsschnuller einer ganzen sozialen Klasse auf Tahiti geworden ist? Also, wir wollen mal die Kirche schön im Dorf lassen und unsere Arbeit tun. Einverstanden?»

Julie versenkte sich voll Eifer und Hingabe in Timis Fall. Die Sanftmut des jungen Mannes berührte sie sehr und erregte zugleich ihre Neugier. Das starke Interesse, das sie ihm entgegenbrachte, war wohl auch ein wenig durch ihren mütterlichen Instinkt mitbestimmt. Unterstützt von Augustin, dem ältesten unter den Pfleger-Dolmetschern, unterzog sie Timi dem kompletten Programm klassischer psychologischer Tests. Danach verbrachte sie mehrere Wochen damit, ihn zu befragen, zum Reden zu bringen, alle Ecken und Winkel seines Gehirns auszuforschen und vor allem sein Vertrauen zu gewinnen.

Und sie erlebte eine Überraschung nach der anderen. Sie hatte es mit einem Menschen zu tun, der sich in seiner Haut absolut wohl fühlte, also mit einer fest in sich ruhenden Persönlichkeit. Timis Reflexe und Reaktion waren, wie es schien, weder durch irgendwelche Zwänge aus der Jugend bestimmt noch durch den Wunsch, seiner Umgebung zu imponieren oder deren Zuneigung zu gewinnen. Timi bildete einen auffälligen Kontrast zum modernen Durchschnittsmenschen, dessen Verhalten durch Streben nach Erfolg, Konkurrenzneid oder einen starken Wunsch nach Geborgenheit geprägt wird.

Damit stand sie vor einem unerwarteten Problem. Denn um eine Behandlung durchführen zu können, muss sich der Patient in einem Zustand der Verwundbarkeit, der Abhängigkeit oder der Angst befinden. Und das war bei Timi offenbar nicht der Fall. Um eine psychische Störung nachweisen zu können, muss man unbedingt die innere Triebkraft finden, die für das Leben eines Menschen bestimmend ist, jene kleine «Kreatur», die im Herzen eines Individuums oder in seiner Seele "tickt". Das ist deshalb so wichtig, weil diese Triebkraft meist in den dunkelsten Tiefen des Unterbewusstseins verborgen ist.

Timis innere Welt war aber allem Anschein nach festgefügt, sie wurde durch eine gesunde Logik beherrscht und durch eine Denkweise, die zuweilen sehr östlich anmutete. Symbole bildeten markante Elemente auf seiner Werteskala. Es waren vor allem biblische Symbole wie Gott und Satan. Alles, was er sagte, war wohlüberlegt und für ihn von größter Bedeutung, eine bemerkenswerte Tatsache bei einem Menschen, der weder lesen noch schreiben konnte. Wenn Timi erklärte, dass er etwas zu tun beabsichtigte, setzte er dies beharrlich in die Tat um, auch dann, wenn es nur mit größter Mühe zu schaffen war. Ein gegebenes Wort war ihm absolut heilig.

Er besaß überdies einen angeborenen Gemeinsinn und teilte alles mit seinen Mitmenschen, was manche Patienten weidlich ausnutzten. Sprach man ihn während einer Mahlzeit an, bot er einem sogleich von seinem Essen an, und man musste wenigstens einen Bissen nehmen, wollte man ihn nicht kränken.

Julie baute auf diesen Gemeinschaftsgeist, um des Rätsels Lösung zu finden. Sie befragte ihn immer wieder über die Gemeinschaft, der er einmal angehört hatte, und versuchte den Grund seines Weggangs zu erfahren. Doch Timi antwortete stets auf die gleiche Weise:

«Das ist jetzt nicht mehr wichtig, denn ich bin fortgegangen. Das ist Vergangenheit, also ist es vorbei. Mein Vater hat zu mir gesagt; dass meine wirkliche Familie hier ist. Deshalb bin ich hergekommen. Ein Sohn muss seinem Vater gehorchen, so steht es in der Heiligen Schrift.»

Dann setzte er sein breites Lächeln auf und gab dem Fragenden zu verstehen, dass er über die Sache nicht weiter reden wolle.

Julie überlegte, ob Timis Vater bei seinem Sohn vielleicht eine psychische Störung entdeckt und ihm deshalb aufgetragen hatte, nach Papeete in die psychiatrische Klinik zu gehen und dort zu bleiben. Doch sie selbst konnte bei dem jungen Mann keinerlei psychische Defekte feststellen, außer dieser hartnäckigen Überzeugung, er müsse fortan im Krankenhaus von Vaiami leben. Warum sollte denn ein Vater den Wunsch haben, dass sein Sohn sein Leben in einer Irrenanstalt verbringt? Nein, der Schlüssel zur Lösung dieses Problems musste woanders liegen. Und sie musste ihn finden.

Ein Jahr später war Julie der Lösung des Rätsels nicht einen Schritt nähergekommen. Aber sie hatte in ihrem Patienten einen großartigen Menschen kennen- und schätzen gelernt. Der junge Mann war von einer einzigartigen Redlichkeit und voller Vertrauen. Stets erlebte sie ihn als einen freundlichen, gutgelaunten und geistig äußerst regen Menschen, so dass die vielen Stunden, die sie mit ihm verbrachte, zu den angenehmsten Augenblicken ihrer Tage zählten.

In den ersten Monaten hatte er wiederholt versucht, sie zu bezirzen. Doch sie hatte ihn jedes Mal freundlich zurückgewiesen, und er ließ es schließlich sein. Obwohl Julie sich durch die Avancen des jungen Mannes zweifellos geschmeichelt fühlte, wusste sie auch, dass sie diese zwar als ein Kompliment für ihre weiblichen Reize, aber auch als eine Geste werten musste, mit der Timi ihr zeigen wollte, dass er ein normaler, vollwertiger Mann sei. Sie bekam dennoch ein schlechtes Gewissen, als sie eines abends nach einem seiner Annäherungsversuche fast eine Stunde vor ihrem Spiegel saß und sich zurechtmachte.

Timi hatte bald seine Nische in der kleinen Welt des Krankenhauses von Vaiami gefunden. Trotz der Bedenken einiger Ärzte hatte er sich das Amt als Gebäudeanstreicher gesichert. Er erwies sich als ein äußerst gewissenhafter Arbeiter, der dafür sorgte, dass jede schmutzige oder fleckige Stelle am Gebäude mit einer frischen Farbschicht übertüncht wurde.

Bald war der allgegenwärtige, mit Pinsel und Farbtopf ausgerüstete Timi im Krankenhaus zu einer vertrauten Erscheinung geworden. Voller Eifer arbeitete er an der Verschönerung der einzelnen Gebäude, und jedermann musste zugeben, dass niemand bisher diese Arbeit so gewissenhaft verrichtet hatte.

Er hatte inzwischen auch ein paar Grundkenntnisse in der französischen Sprache erworben und machte jeden Tag so gute Fortschritte, dass Julie bei einfachen Gesprächen mit ihm auf einen Dolmetscher verzichten konnte.

Timi wollte über alles genau Bescheid wissen. Täglich nach dem morgendlichen Durchgang des Ärzteteams erhielten die Insassen der Klinik auch den Besuch von Timi, der sie mit breitem Lächeln über ihr Befinden ausfragte und ein wenig mit ihnen plauschte. Dies trug ihm sehr bald den Spitznamen «taote Tahiti» (tahitianischer Doktor) ein, denn er erfreute sich allgemeiner Beliebtheit bei den Kranken wie den Angestellten. (Der Leser sollte wissen, dass Krankenhäuser in Polynesien viel offener und freizügiger sind als in anderen Ländern und Verwandte jeden Tag bei ihren Kranken zu Besuch sind, denn kein Polynesier würde es über sich bringen, einen Verwandten im Krankenhaus alleinzulassen, was in der Öffentlichkeit als feiger Verrat gewertet würde. In den poliklinischen Stationen der Inseln werden zu jeder Zeit Betten für die Verwandten der entbindenden Frauen frei gehalten.)

Doch zurück zu Timi. Nachdem der junge Mann ein Jahr im Krankenhaus von Vaiami verbracht hatte, traten die Ärzte wieder zusammen, um über den Stand der Dinge und über die Ergebnisse der Behandlung zu beraten. Sie erteilten Dr. Julie Gomez das Wort:

«Wir haben es hier mit einem überaus schwierigen Fall zu tun. Seine Reaktionen scheinen alle völlig normal zu sein, sämtliche Tests zeigen einen symptomfreien Menschen, der weder unter Realitätsverlust noch unter den Folgen von Stress leidet. Ich glaube nicht, dass er jemals eine Depression erlebt oder unter Stress gelitten hat. Irgendein Kindheitstrauma, das in seiner Psyche Spuren hinterlassen hätte, ließ sich nicht nachweisen. Gewiss, er zeigt ein Verhaltensmuster und Reaktionen, die uns sonderbar erscheinen mögen, doch ich glaube, dass sie kulturell bedingt sind. Trotz seiner zwanghaften Fixierung auf unsere Klinik denke ich, dass Timi ein geistig ausgesprochen gesunder Mensch ist, vielleicht sehr viel gesünder ist als wir alle hier.»

«Liebe Kollegin», warf der Chefarzt ein, «wir wollen doch auf dem Teppich bleiben. Sie wissen genauso gut wie wir, dass die Grenze zwischen gesund und krank fließend ist.»

«Ja, das weiß ich. Aber ich glaube, dass dieser Fall mit anderen Methoden als mit denen der Psychoanalyse zu klären ist.»

Dr. Martinon, ein junger Psychoanalytiker mit zerzaustem Haar, Bart und dicker Hornbrille, meldete sich zu Wort:

«Sie alle wissen, dass ich ein Anhänger der Jungschen Lehre bin. Ich bin der Meinung, dass wir es hier mit einem

Fall von kulturellem Missverstehen unsererseits zu tun haben. Wie können wir uns überhaupt anmaßen, über Menschen zu urteilen, die einer uns völlig fremden Kultur angehören. Wir sollten eine breite Untersuchung über Mythen und Legenden durchführen, um die Geschichte und die gesellschaftliche Entwicklung Polynesiens besser kennenzulernen. Und das sollten wir sehr bald tun.»

«Doch nein, lieber Kollege, die Jungsche Lehre hat sich als völlig zweitrangig erwiesen. Wir werden diese Debatte nicht noch einmal führen.»

«Aber wie können Sie behaupten, Sie verstünden diese Menschen, deren Sprache Sie nicht einmal verstehen?»

«Nun, Dr. Martinon, dazu haben wir doch unsere Dolmetscher, wie Sie wohl wissen. Um die Sprachbarriere zu überwinden, arbeiten wir nach der Methode von Melanie Klein, wie bei Kindern, die nicht sprechen können. Die Symboltherapie hat sich seit Jahrzehnten bewährt, und Prof. Kamitzov hat sie mit großem Erfolg in Afrika angewandt.»

«Aber wir sind hier nicht in Afrika. Wir haben es mit einer Gesellschaft zu tun, die länger als ein Jahrtausend fast völlig isoliert war und kaum Kontakte nach draußen pflegte. Es liegt auf der Hand, dass eine solche Isolation einzigartige Werte hervorgebracht hat.»

Dem Chefarzt riss allmählich der Geduldsfaden:

«Dr. Martinon, ich möchte Sie bitten, nicht jedes Mal eine Diskussion zu entfachen, wenn wir es mit einem Patienten zu tun haben, der kein Französisch spricht. Was Sie sagen wollen, ist uns hinlänglich bekannt, glauben Sie mir! Wir respektieren Ihren Standpunkt, sind aber der Meinung, dass Sie einer These anhängen, die von hervorragenden Spezialisten ein für allemal widerlegt wurde.» Er wandte sich wieder an Dr. Julie Gomez und sagte:

«Machen Sie bitte weiter, verehrte Kollegin!»

«Timi hat eine völlig harmonisch ausgeprägte Persönlichkeit; er ist frei von Aggressivität und hat - was mir besonders wichtig erscheint - weder eine Krise noch eine Depression erlebt. Anfangs wollte ich nicht ganz ausschließen, dass sein überschwänglicher Frohsinn möglicherweise der Ausdruck einer manischen Psychose ist. Doch ich konnte in seinem Verhalten weder Anzeichen einer Hyperkinese entdecken noch irgendeine andere Form von Nervosität, und solche Krisen dauern in er Regel höchstens ein paar Monate. Nein, Timi ist ein lebensfroher Mensch. Er schätzt und genießt alles, was das Leben ihm bietet, und sieht darin nur die guten, positiven Seiten. In unserer heutigen so komplexen und so unsicheren Welt mit ihren stressenden Gesellschaftsstrukturen kommt mir Timi wie ein erfrischender Wind vor. Wie ein Hauch von Einfachheit aus einer anderen Zeit. Sie möchten sicher meine Diagnose hören? Nun, ich würde sie wie folgt zusammenfassen: eine hohe Intelligenz, gepaart mit einer unantastbaren Arglosigkeit.»

«Wir können ihn also entlassen?»

«O nein, denn in dem Moment, wo wir ihn zwingen würden, von hier fortzugehen, würde er ein schweres Trauma erleiden. Es ist, als würde ihm eine höhere Stimme befehlen, hier zu bleiben.»

«Dann ist er also nicht geheilt», folgerte der Chefarzt.

Die Beratung wurde daraufhin in einer wissenschaftlicheren Sprache fortgeführt, doch wir wollen den Leser nicht mit schwerverständlichen Fachbegriffen langweilen. Es sei nur darauf hingewiesen, dass Dr. Mercado, ein. Spezialist für Hirnschäden, einen ähnlichen Fall von zwanghafter Fixierung schilderte, welche durch eine Läsion an der Basis des Reptiliengehirns verursacht worden war.

Nach langem Hin und Her und erregten Diskussionen beschloss die Ärzteschaft, Timi nach Frankreich zu schicken, um ihn mit Hilfe eines Scanners gehirntomographisch untersuchen zu lassen - gegen den heftigen Protest von Dr. Martinon, der nach wie vor in Timis Krankenhaus-Fixierung ein rein kulturelles Phänomen erblickte.

Da Julie ihren Urlaub noch vor sich hatte, schlug sie vor, Timi zu begleiten und die Reise nach Frankreich zu nutzen, um diesen rätselhaften Fall Prof. Sonnblum vorzustellen.

Julie klärte Timi über das Ziel der Reise auf. Vor allem musste sie ihn davon überzeugen, dass sie nicht für immer von Vaiami weggehen, sondern nach einer gewissen Zeit wieder hierher zurückkehren würden. Da zwischen ihnen völliges gegenseitiges Vertrauen herrschte, gab es überhaupt kein Problem. Timi freute sich sogar, als er erfuhr, dass er in einem dieser großen Vögel eine weite Reise machen würde.

Zwei Monate später bestiegen sie eine Boeing 747 für den 22-Stunden-Flug nach Paris.

Julie war froh darüber, dass sie sich als Timis Begleiterin angeboten hatte. In der ersten Woche sahen sie sich Paris an, denn Paris ist wahrhaftig eine der schönsten Städte der Welt. Und Julie wurde Zeugin der Freudenausbrüche Timis und seines Staunens angesichts der ihm unbekannten Welt, der großen Menschenmengen, der hohen Gebäude und der Untergrundbahn. Seine Reaktionen waren von einer wunderbaren Frische und Spontaneität. Es war wie ein Geschenk für sie, dies alles miterleben und jeden Tag mit dem jungen Mann zusammen sein zu dürfen.

Julie spürte auch, dass in ihr eine Wandlung vor sich ging. Zu ihrer Überraschung stellte sie fest, dass sie sich mit ihrem tahitianischen Patienten wohler fühlte als mit ihren Landsleuten. Sie sah die Pariser wie Automaten durch die Straßen hetzen, mit verschlossenen Gesichtern und gleichgültig gegenüber ihren Mitmenschen. Und sie begriff, dass es während der vergangenen zwei Jahre, die sie auf Tahiti verbracht hatte, in ihrem Wertesystem einen Wandel gegeben hatte. Ihre Sensibilisierung war gewissermaßen der Beweis ihrer gelungenen Anpassung an das Leben in der kleinen polynesischen Welt.

Den kurzen Besuch, den sie der Maison de Tahiti in der Avenue de l'Opéra abstatteten, wo sie herzlich empfangen wurden, empfand sie fast wie eine Rückkehr ins vertraute Heim.

Doch nun war es an der Zeit, bei Timi die vorgeschriebenen Untersuchungen durchführen zu lassen. In der zweiten Woche verbrachten sie vor allem ihre Zeit damit, in den Krankenhäusern der Assistance Publique zu warten. Eine medizinische Untersuchung von wenigen Minuten erforderte viele Tage der Geduld und Tonnen von Papierkram, und selbst Julies Eigenschaft als Ärztin vermochte den bürokratischen Koloss nicht auf Trab zu bringen. Es beschämte sie zu sehen, wie die französische Medizin, die doch als eine der besten auf der Welt galt, in ihrer Funktion und Wirkung durch einen vorsintflutlichen bürokratischen Apparat sabotiert und gelähmt wurde.

Als sie schließlich alle Ergebnisse und Befunde beieinander hatte, vereinbarte sie einen Termin mit Prof. Sonnblum, jenem Wissenschaftler, der ihr vor Jahren als Mentor mit viel Geduld und Hingabe sein ganzes Wissen vermittelt hatte.

Der Professor erwartete sie voll Ungeduld. Es wurde ein frohes, sehr herzliches Wiedersehen. Der Professor zeigte sich besonders darüber erfreut, sie bei so guter Gesundheit und vor allem so strahlend wiederzusehen:

«Meine liebe Julie, Sie haben sich überhaupt nicht geändert. Oder doch - aber im besten Sinne: Sie sehen so jung aus, so quicklebendig. Die Südsee scheint Ihnen bestens zu bekommen. Ich freue mich, dass Sie es so gut getroffen haben. Leider verkümmern und verdorren ja viele Witwen nach dem Tod ihrer Lebenspartner. Das kann man von Ihnen ganz gewiss nicht sagen. Die Auswanderung nach Tahiti war eine kluge Entscheidung. Sie müssen mir unbedingt davon erzählen! Was gibt es denn so Aufregendes am anderen Ende der Welt?»

«Sehr vieles, Professor», antwortete Julie. «Es ist unglaublich. Sie würden begeistert sein. Ich sitze gewissermaßen in der ersten Reihe und erlebe, wie sich eine neue Gesellschaftsform durchsetzt, die unserem Berufsstand gute und dauerhafte Pfründe sichern wird. Die Polynesier sind gerade dabei, mit unserer Hilfe die Freuden des hemmungslosen Konsums zu entdecken. Und niemand klärt sie auf über den Preis, den sie später dafür werden bezahlen müssen. Und so wiederholen die Tahitianer all die Fehler, die woanders begangen wurden. Das stimmt mich manchmal sehr traurig, aber die Liebenswürdigkeit dieser Menschen lässt mich das meist wieder vergessen.»

«Aber, Julie, da Sie die Dinge selbst so sehen, haben Sie diesen Menschen sicher gesagt, was für sie auf dem Spiel steht?»

«Nein, nein. Leider sind es die Tahitianer selbst und vor allem ihre politischen Führer, die sich dieses neue System wünschen. Wie soll man diesen Unschuldigen erklären, dass Geld kaum etwas mit Reichtum und Glück des Menschen zu tun hat? Dass diese Gesellschaftsform vor allem einem Zweck dient, nämlich die Privilegien bestimmter Klassen zu bewahren und neue zu schaffen. Dass die gleiche gnadenlose Waffe eingesetzt wird, die so oft schon dazu diente, um andere Gesellschaften zu zerstören, nur weil sie anders waren: die Bürokratie und ihre erbarmungslose Vereinheitlichung.

Ich bin kein Don Quichotte, Professor, aber manchmal habe ich das Gefühl, an einem Begräbnis teilzunehmen, das schon seit zwanzig Jahren dauert. Ich erlebe, wie eine Kultur zu Grabe getragen wird, eine Kultur, die so einmalig und so vielschichtig ist, dass man zehn Jahre seines Lebens bräuchte, um sie auch nur ein wenig zu begreifen. Ich könnte Ihnen stundenlang von Tahiti erzählen. Aber ich möchte Ihnen vor allem eins sagen: In dieser sich vollziehenden Umwälzung entdecke ich jeden Tag den konkreten und untrüglichen Beweis für alle Ihre Theorien. Auf diesen

Inseln liegen die Dinge alle viel klarer, einfacher, also durchsichtiger. Letztlich aber auch grausamer.»

«Ich danke Ihnen für diese sehr freundlichen Worte, liebe Julie. Tausend Dank, wirklich! Aber wie ich hörte, haben Sie mir auch ein lebendes Exemplar mitgebracht, das an der modernen Zivilisation erkrankt ist!»

«0 nein. Der Patient, der mich begleitet, ist ein ganz besonderer Fall. Und ein großes Rätsel. Eines Tages war er plötzlich da, als wäre er vom Himmel gefallen.»

Julie schilderte den Fall Timis in allen Einzelheiten. Drei Stunden lang hörte ihr Prof. Sonnblum aufmerksam zu. Er merkte sich jedes Detail, stellte Fragen, sah sich die mikroradiographischen Befunde und die Bilder der Computertomographie an und las Julies Aufzeichnungen. Dann wurde Timi hereingebeten. Julie stellte die beiden Männer einander vor. Der Professor zeigte sich durch die athletische Erscheinung und das freundliche Wesen des unentwegt lächelnden jungen Mannes stark beeindruckt.

«Ein prächtiger Mensch, meine liebe Julie», sagte er. «Jetzt begreife ich besser, warum Sie sich so sehr für ihn einsetzen. Sind die Menschen auf Tahiti alle so? Angesichts dieses jungen Mannes wird mir klar, warum die Tahitianerinnen in aller Welt so gerühmt werden! Spricht er französisch?»

«Ja, es reicht für ein einfaches Gespräch», sagte Julie, der etwas Röte ins Gesicht gestiegen war.

Von Julie assistiert, widmete sich der Professor zwei volle Tage dem neuen Patienten und unterzog ihn einer Reihe von psychologischen Tests. Als er keine konkreten Anhaltspunkte finden konnte, die Timis Zwangsvorstellung erklärten, beschritt er am zweiten Nachmittag einen Weg, um den er sich sonst nur selten wagte: die Hypnose. Doch selbst mit diesem extremen Verfahren vermochte er das Rätsel nicht zu lösen. Den jungen Tahitianer in Trance zu versetzen, fiel ihm allerdings nicht schwer:

«Warum ist es für dich so wichtig, im Krankenhaus von Vaiami zu bleiben?» fragte der Professor.

«Weil es mein Zuhause ist», antwortete Timi aus der Tiefe seiner Trance.

«Warum ist es dein Zuhause?»

«Weil mein Vater es mir gesagt hat, weil ich weiß, dass es mein Zuhause ist.»

«Aber Vaiami ist doch ein Krankenhaus, es gehört der Regierung. Es kann doch nicht dein Zuhause sein.»

«Davon weiß ich nichts. Aber in Vaiami bin ich zu Hause.»

Obwohl der Professor die Befragung noch weiterführte und vertiefte, vermochte er keine zufriedenstellende Erklärung für das Phänomen finden. Er untersuchte auch den emotionalen Bereich in Timis Persönlichkeit, brach die Erkundung aber sofort ab, als Timi, noch immer unter Hypnose, seine zärtlichen Gefühle für Julie verriet was diese dann doch etwas aus der Fassung brachte.

Nachdem Timi aus der Hypnose erwacht war, beriet der Professor den Fail mit Julie unter vier Augen.

«Meiner Meinung nach leidet dieser Mann unter einer schweren Zwangsvorstellung. Ich würde sogar eine manische Psychose diagnostizieren, verbunden mit starken Angstgefühlen. Sie haben Ihrerseits schon alles versucht, also bleibt nur noch die Schocktherapie. Wir könnten es mit Elektroschocks versuchen, wenn Sie damit einverstanden sind?»

«Wenn Sie glauben, dass es sein muss, Professor, dann schließe ich mich Ihrer Meinung an. Wir müssen ihn heilen. Er ist ein so gutartiger, so positiver Mensch, und es fehlt ihm so wenig, um ein normales Leben führen zu können. Sie werden ihn aber anästhesieren, nicht wahr?»

«Natürlich. Bringen Sie ihn morgen her, ich werde das Team zusammenrufen.»

Am nächsten Tag wurde Timi auf einen fahrbaren Operationstisch gelegt. Der Anästhesist versetzte ihn in Narkose, dann wurde der Tisch in den großen Hörsaal der Universität geschoben. Der Saal war bis in die obersten Reihen voll besetzt, denn viele Assistenzärzte waren informiert worden und gekommen, um den Eingriff mit zu verfolgen. Elektroschock Therapien sind heute sehr selten und werden immer mehr durch chemotherapeutische Behandlungsmethoden ersetzt, bei denen auch hypnotische oder neuroleptische Verfahren angewendet werden, um einen Schock zu erzeugen.

Assistenten brachten an Timis Kopf zahlreiche Elektroden an, während der Professor dem Auditorium erklärte, dass die halbseitige Anbringung der Elektroden eine gezielte Behandlung bestimmter Bereiche des Gehirns ermöglichte.

Die dreißig Minuten, die nun folgten, wurden zu den qualvollsten, die Julie je erlebt hatte. Sie konnte den Anblick des jungen Mannes, dessen Körper sich bei jedem Stromstoß heftig aufbumste, kaum ertragen. Es war ein schreckliches Schauspiel. Obwohl Timi festgeschnallt war, schnellte hin und wieder ein Arm oder ein Bein krampfhaft zuckend in die Höhe. Timi war nur noch ein ferngesteuerter Hampelmann. Julie hätte am liebsten laut geschrien, sie sollten damit aufhören. Weinend brach sie auf der Bank zusammen. Als die Behandlung endlich beendet war, stürzte sie zu Timi, riss ihm die Elektroden vom Kopf und presste laut schluchzend seinen leblosen Kopf gegen ihre Brust.

Eine halbe Stunde später wachte Timi langsam auf, doch er brauchte noch über eine Stunde, um wieder ganz zu sich zu kommen. Er klagte über Kopfschmerzen. Julie gab ihm eine Aspirin Tablette, dann schlief er wieder ein. Sie blieb stundenlang an seinem Bett sitzen, wachend und weinend.

Der Professor kam am frühen Nachmittag, um den Patienten zu untersuchen. Timi war gerade wieder aufgewacht, hatte sich im Bett aufgerichtet und aß ein Sandwich. Julie hatte noch rote Augen.

«Na, wie geht es unserem Polynesier?» fragte der Professor. «Er scheint die Behandlung recht gut vertragen zu haben.»

«Ja, jetzt ist alles wieder gut. Aber ich kann mich an eine solche Heftigkeit bei Reaktionen auf Elektroschocks nicht erinnern», antwortete Julie.

«Ach was, Julie, unsere Patient hat davon gar nichts gemerkt. Sie hegen für diesen Patienten Gefühle, die über das Berufsinteresse hinausgehen. Ja, ja, der Mutterinstinkt...! Nun gut, wir wollen jetzt einmal sehen, ob die Behandlung etwas gebracht hat.»

Er griff sich einen Stuhl, setzte sich Timi gegenüber ans Bett und stellte ihm die gleichen Fragen wie am Vortag.

Doch Timis Antworten war ebenfalls die gleichen. Seine zwanghafte Fixierung auf das Krankenhaus von Vaiami war geblieben. Der Professor stieß einen Stoßseufzer aus:

«Das ist wirklich ein hartnäckiger Fall, Julie. Wir müssen es jetzt mit Psychopharmaka versuchen. Es gibt seit kurzem ein neues Chlorpromazin auf dem Markt. Seine auflösende Wirkung auf wahnhafte Zustände soll hervorragend sein. Wir könnten übermorgen mit der Behandlung beginnen.»

«Aber Professor, was wissen Sie über die Nebenwirkungen bei diesen Neuroleptika?»

«Sie sind unbedeutend. Vor allem Haarausfall. Ihr Timi könnte einen Glatzkopf kriegen. Die Chancen stehen 50 zu 50. Aber besser einen kahlen und dafür gesunden Kopf, nicht wahr? Also, ich erwarte sie übermorgen früh um acht Uhr.»

Julie gab ihm keine Antwort. Sie war ratlos. Der Professor verabschiedete sich und ging.

An diesem Abend speisten Julie und Timi im «A la Lorraine», einem feinen Restaurant an der Place des Ternes. Julie wollte das, was sie ihm durch die schreckliche Prozedur angetan hatte, ein wenig wiedergutmachen. Sie hatte ihm einen Blazer, eine weiße Hose, ein schönes Hemd und ein Seidentuch gekauft. Timi sah großartig aus, und sie war sehr stolz, mit einem so elegant gekleideten Mann auszugehen. Sie bestellte eine Flasche vom besten Wein, ließ dann noch eine zweite kommen, und das half ihr ein wenig, die Schrecken zu vergessen. die sie am Vormittag erlebt hatte. Timi, der wie alle einfachen Gemüter sehr einfühlsam war, spürte Julies Verwirrung. Er stellte ihr Fragen, doch sie hüllte sich in Schweigen. Dann setzte er alles daran, sie zum Lachen zu bringen und wieder heiterer zu stimmen.

In fröhlicher Stimmung kehrten sie spät ins Hotel zurück. Julie bat Timi, einen Augenblick in ihr Zimmer zu kommen. Sie wollte ihm erklären, dass er jetzt mit pharmazeutischen Mitteln behandelt werden sollte und was diese Therapie für Folgen haben konnte.

Mitten in ihren Erläuterungen fiel ihr Timi ins Wort:

«Davon verstehe ich doch nichts. Ich vertraue dir voll und ganz. Du sollst entscheiden. Und danach reisen wir nach Vaiami zurück.»

Da wurde Julie plötzlich bewusst, dass sie die ganze Verantwortung für das Schicksal dieses Menschen in ihren Händen hielt. Sie erinnerte sich blitzartig an die Bilder vom Elektroschock und brach plötzlich wieder in Schluchzen aus. Timi durfte um keinen Preis die schrecklichen Folgen eines chemotherapeutischen Komas erleiden. Bei diesem Gedanken schluchzte sie noch lauter. Timi war erst ratlos, dann nahm er die Frau in seine Arme, tröstete sie, drückte sie sehr fest an sich. Und sie klammerte sich an ihn und weinte über eine Stunde lang.

In dieser Nacht liebten sie sich das erste Mal.

Professor Sonnblum war ziemlich erstaunt, als er um vier Uhr früh den Anruf einer aufgeregten Frau erhielt:

«Professor, Professor! Hier ist Julie Gomez am Apparat. Verzeihen Sie mir, dass ich Sie geweckt habe, aber es ist sehr, sehr wichtig. Die Behandlung mit Psychopharmaka, die Sie vorgeschlagen haben, darf auf keinen Fall stattfinden. Ich habe viel darüber nachgedacht. Es kann sein, dass wir es bei Timi mit einem kulturspezifischen Problem zu tun haben. Er braucht also gar keine Schocktherapie, weder eine elektrische noch eine chemische. Ich fliege mit ihm nach Tahiti zurück. Ich möchte nicht, dass dieser Mensch weiter leidet.»

«Aber ja, Julie, gewiss, gewiss. Sie brauchen aber nichts zu überstürzen. Die Entscheidung darüber liegt ja ganz bei Ihnen. Vielleicht haben Sie recht. Sie müssen mir nur versprechen, dass Sie mich auf dem Laufenden halten. Dieser Fall interessiert mich in höchstem Maße. Sie hätten mich übrigens auch tagsüber anrufen können. Die Behandlung scheint also in eine neue Phase getreten zu sein. Vielleicht ist es so das Beste. Also, gute Nacht, Julie!» Und er legte lachend auf.

Julie und Timi flogen nicht sofort nach Polynesien zurück. Sie mieteten sich für zwei Wochen in einem kleinen Familienhotel in Saint-Jean-de-Luz ein. Es war Oktober, und der Badeort war fast menschenleer. Sie unternahmen lange Wanderungen entlang den einsamen Stränden, schweigend nebeneinander hergehend, den Blick auf die ferne Steilküste Spaniens gerichtet. Ihre Mahlzeiten nahmen sie in den wenigen noch geöffneten Lokalen ein.

Julie wollte, dass Timi sich von den Auswirkungen des Elektroschocks erholte. Aber im Grunde war sie es, die Erholung brauchte, da die Sache sie gefühlsmäßig stark mitgenommen hatte. Sie musste vor allem ihr inneres Gleichgewicht wiederfinden und die Beziehung zu Timi mit ihren Moralvorstellungen in Einklang bringen.

Da es ihr eigentlich nicht schwer fiel, das, was zwischen ihr und Timi geschehen war, ohne Schuldgefühle zu akzeptieren, erlebte sie die Tage am Meer wie richtige Flitterwochen.

Nach ihrer Rückkehr in Papeete berichtete Julie ihren Kollegen über die Ergebnisse der Untersuchungen im Allgemeinen und über den Misserfolg der Schockbehandlung im besonderen. Sie kündigte auch an, dass sie eine neue Behandlungsmethode versuchen werde, um die zwanghafte Fixierung Timis aufzubrechen. Da zwischen ihr und dem Patienten ein großes gegenseitiges Vertrauen herrschte - Timi war ihr ja bereitwillig nach Frankreich gefolgt -, schlug sie vor, ihn Stück für Stück vom Krankenhaus zu entwöhnen. Am Anfang nur für ein paar Stunden, dann einen ganzen Tag und später auch mehrere Tage hintereinander. Die Ärzte stimmten ihr voll und ganz zu. Julie war überglücklich. Sie genoss nun ihrem Patienten und Geliebten gegenüber vollkommene Handlungsfreiheit.

Diese intensivere und sehr persönliche Behandlungsmethode brachte aber auch nach zwei Jahren keine nennenswerten Ergebnisse. Timi war zwar bereit, sich in Julies Begleitung von Vaiami zu entfernen, manchmal bis zu zwei Wochen lang, seine Bindung an das Krankenhaus hatte sich aber kein bisschen abgeschwächt. Das Liebesverhältnis mit Julie war jetzt in die angenehme Phase der Routine übergegangen, und die beiden Geliebten führten ein glückliches, aber nach außen hin gut verborgenes Leben. Im Krankenhausbetrieb war Timi zu einem geschätzten Helfer geworden. Außer seiner Aufgabe als Gebäudeanstreicher half er jetzt auch noch dem Hauptaufseher, wenn manche Patienten ihre Tobsuchtsanfälle bekamen. Seine Sanftmut, seine Geduld und seine immerzu heitere Laune hatten auf diese Patienten eine sehr besänftigende Wirkung.

———————

Eines Tages im Dezember starb einer der Insassen der Krankenanstalt ganz friedlich an Altersschwäche. Die Verwandten auf der Insel Tahaa nördlich von Raiatea wurden von den Behörden umgehend benachrichtigt.

Ein sehr vornehmer Polynesier, ein rüstiger Sechziger mit

leicht ergrautem Haar, traf drei Tage später im Krankenhaus ein, um den Leichnam auf seine Heimatinsel zu überführen.

Als er den Hof der Krankenanstalt betrat, erblickte er Timi, der ihn sofort wiedererkannte. Beide Männer fielen einander in die Arme und begrüßten sich überschwänglich. Dann sagte der Fremde:

«Ich freue mich, dich hier wiederzusehen. Ich habe mir deinetwegen oft Gedanken gemacht und gefragt, ob auch alles gutgehen würde.»

«O ja! sehr gut, Orometua Tane (Herr Pastor)! Sieh doch, wie schön ich es hier habe!»

«Ja, es stimmt, du hast es geschafft. Der liebe Gott hilft den Unschuldigen! Gelobt sei unser Herr im Himmel. Deinem Bruder geht es übrigens auch gut. Er hat eine Frau gefunden. Sie heißt Mahina, und ich habe gerade ihr erstes Kind getauft, einen Jungen, den sie in Erinnerung an euren Vater Vaiarii genannt haben.»

Dem Oberaufseher war die freudige Begrüßung und das Gespräch zwischen dem Fremden und Timi nicht entgangen. Er beeilte sich, Julie und den Chefarzt davon in Kenntnis zu setzen.

Nachdem der Mann die nötigen Formalitäten für die Rückführung der Leiche erledigt hatte, sprach ihn der Chefarzt freundlich an und bat ihn zu einem kurzen Gespräch in sein Büro.

Inzwischen war die Nachricht, dass es da jemanden gebe, den Timi von früher her kannte, wie ein Lauffeuer durch das Krankenhaus gegangen. So kam es, dass der alte Mann plötzlich der gesamten Ärzteschaft gegenüberstand.

«Monsieur, wir haben gesehen, dass Sie mit Timi gut bekannt sind!»

«Ja, so ist es. Ich habe mich in den letzten dreißig Jahren um seine Familie gekümmert. Ich bin der Pfarrer von Patio, einem kleinen Dorf an der Nordküste der Insel Tahaa.»

«Dann können Sie uns bestimmt sagen, wie es kommt, dass weit und breit im ganzen Gebiet niemand unseren Timi kennt, dass weder die Leute von der Polizei noch irgendwelche Fernsehzuschauer oder Zeitungsleser etwas wussten. Seit drei Jahren versuchen wir herauszufinden, woher er kommt.»

«Das kann ich Ihnen erklären. Timi stammt aus einer Familie, die völlig isoliert in einem abgelegenen Tal der Insel Tahaa lebte. Timis Vater zog sich in jungen Jahren eine Mariri zu, eine Filariose, die auch unter dem Namen Elefantiasis bekannt ist. Diese Krankheit führte dazu, dass seine Beine mächtig anschwollen und schließlich dicken, zerknitterten Ballons glichen. Der Vater schämte sich so sehr, dass er sich nicht mehr aus seinem Tal herauswagte. Damals war Timi noch ein kleines Kind. Sein älterer Bruder besuchte die Schule in Patio. Die Dorfbevölkerung erfuhr jedoch von der Krankheit des Vaters. Aus Angst vor einer möglichen Ansteckung, aber vor allem aus Unwissenheit musste Timis Bruder dann die Schule verlassen. Deshalb wurde Timi niemals eingeschult. Sein Tal hat er jahrelang nicht verlassen. Als er gerade zehn Jahre alt wurde, starb seine Mutter. Der Vater, die Kinder und ich haben die gute Frau auf einem kleinen Hügel hinterm Haus begraben.

Der Alte und die beiden Jungen lebten all die Jahre wie richtige Einsiedler. Sie ernährten sich von etwas Landwirtschaft, vom Sammeln und von der Jagd. Ihr Tal wurde von den Nachbarn als "tabu" betrachtet, und ich war der einzige Mensch, der sie noch besuchte. Im Tausch gegen bestimmte Produkte brachte ich ihnen Dinge des täglichen Gebrauchs wie Kleidung und Zucker und versorgte sie mit Notesin-Tabletten, damit die Jungen nicht auch noch an der Filariose erkrankten. Ich besuchte sie jeden Samstag und lehrte sie die Bibel lesen, damit sie gute Christen werden.

Abgesehen von diesem Religionsunterricht in homöopathischen Dosen ist Timi ganz in der alten polynesischen Tradition aufgewachsen. Er hat gelernt, von dem zu leben, was das Land und der Wald an Nahrung hergeben. So blieb er unberührt von all den Einflüssen der modernen Zivilisation, von Radio, Fernsehen und ähnlichem.»

«Ist das auch der Grund, warum er seinen Wehrdienst nicht leistete?»

«Ja, ganz bestimmt, denn er ist ja nirgendwo eingetragen. Kein Beamter hat es je gewagt, in das als verflucht geltende Tal vorzudringen. Warum sollte man auch einen jungen Menschen, der nicht weiß, was ein Krieg ist, mit solchen Dingen belasten? Er kann nicht lesen und nicht schreiben und weiß auch nichts von den Problemen und Schwierigkeiten des modernen Lebens. Jawohl, Timi ist ein Polynesier, so wie sie vor fünfzig Jahren lebten - selbstgenügsam und stolz, so zu sein wie sie sind.»

Die Ärzte sahen einander an, und einen Moment lang schien die Zeit stillzustehen. Der Chefarzt unterbrach das Schweigen:

«Nun ja, das ist ja schön und gut, aber könnten Sie uns auch noch über eine andere Sache aufklären? Sehen Sie, Timi ist hier bei uns, weil er ein schweres psychisches Problem hat. Er empfindet eine zwanghafte Zuneigung für dieses Krankenhaus, das er als sein Zuhause betrachtet und um keinen Preis verlassen möchte. Es ist uns nicht gelungen, ihn von dieser Zwangsvorstellung zu heilen. Könnten Sie uns vielleicht einen Hinweis geben, der uns in dieser Sache weiterhelfen würde?»

Der Pastor brach in Lachen aus, versuchte sich zu beherrschen, da er nicht unhöflich erscheinen wollte, doch es war stärker, und er wurde von einem unwiderstehlichen Lachanfall geschüttelt. Die Ärzte, die einen Kreis um ihn bildeten, sahen ihn schweigend an. Nach einer Weile gelang es dem alten Mann, sich endlich zusammenzunehmen. Er sagte:

«Aber das ist doch wegen des Pito!»

«Wegen des Pito?» fragte der Chefarzt verwundert.

Der Pfarrer hatte sich nun wieder gefasst und erläuterte den Ärzten, was es damit auf sich hatte:

«Das Pito ist eigentlich der Bauchnabel, oder genauer gesagt: Das Pito fenua ist der Bauchnabel der Erde. Es handelt sich um einen uralten Brauch, der in ganz Polynesien gepflegt wird. Ich werde es Ihnen erklären. Wenn auf einer der Inseln ein Kind geboren wird, legt die Hebamme den Mutterkuchen, die Nabelschnur und alles, was zur Geburt gehört, in einen Eimer und übergibt ihn dann dem Vater. Dieser begräbt das alles in der Familienerde und pflanzt einen großen, länglichen Stein oder einen Baum an der Stelle, wo er das Pito begraben hat. Mit dieser Handlung stellt er die unerlässliche Verbindung zwischen dem neugeborenen Kind und der Erde seiner Vorfahren her, eine Verbindung, die früher sehr viel wichtiger war als alle Blutsverwandtschaft.»

«Nun ja, aber dieser Brauch erklärt noch nicht, warum ein junger Mann von Tahaa sich als Besitzer des psychiatrischen Krankenhauses von Vaiami betrachtet.»

«Doch, doch, im Gegenteil. Lassen Sie mich fortfahren. Ich war dabei, als der alte Mann damals starb, und ich habe seine letzten Worte gehört. Seinen Söhnen sagte er folgendes:

«Das Land hier soll der Erstgeborene bekommen, denn sein Pito wurde unter dem großen Avocado Baum hinterm Haus begraben.» Erstaunt fragte Timi seinen sterbenden Vater: «Vater, sag mir, wo ist denn mein Fenua, mein Land, wenn dieser hier allein meinem Bruder gehört?»

Der Vater erzählte langsam und sehr ausführlich, dass Timi während der einzigen Reise geboren wurde, die seine Eltern vor Jahren nach Tahiti und Papeete unternommen hatten. Seine hochschwangere Mutter hatte die Reise auf dem Schoner nicht gut vertragen und war gleich nach ihrer Ankunft in der Hauptstadt niedergekommen. Das Pito wurde von einer anderen Frau auf einem Grundstück der Stadt begraben.

«Timi», sagte der Vater, «du musst dorthin gehen, nach Papeete, und das große Grundstück suchen, das Vaiami heißt. Du wirst sehen, dort steht ein große Haus, und die Leute, die da leben, sind sehr freundlich, sehr sauber und in Weiß gekleidet.» Timi gehorchte seinem Vater und verließ Tahaa, um sein Fenua in Papeete zu suchen.»

«Das verstehe ich nicht», sagte der Chefarzt. «Was hat dieses Pito von Timi hier in dieser Klinik verloren?»

«Hören Sie, Doktor, bevor die Klinik von Mamao gebaut wurde, war Vaiami die einzige Krankenanstalt in Papeete. Also war hier auch die einzige Entbindungsstation. Als Timi hier geboren wurde, hat die Krankenschwester, die ja wusste, dass die Eltern auf der Durchreise waren, die Nachgeburt und die Nabelschnur aus Gründen der Hygiene verbrannt. Die Reise zu den Inseln war damals noch lang und anstrengend, und bei den tropischen Temperaturen hätte die in ein blutdurchtränktes Tuch eingewickelte Plazenta bald entsetzlich gestunken.

Am nächsten Morgen nach der Entbindung hat der Vater wahrscheinlich nach dem Pito des Neugeborenen gefragt, denn er legte sicher Wert darauf, die Tradition zu wahren und für den kleinen Timi nach alter Sitte die Verbindung mit seiner Erde herzustellen. Um keinen Ärger zu bekommen, hat die Krankenschwester dem Vater sicher gesagt, dass sie das Pito schon im Garten begraben habe. Der Vater, der ganz im Sinne der alten polynesischen Bräuche dachte, war der Ansicht, dass sein Sohn nunmehr ein Kind dieses Bodens hier sei und dass der Grund und Boden, auf dem das Krankenhaus von Vaiami stand, ihm gehöre.»

Die Ärzte sahen einander an, und es herrschte ein allgemeines betretenes Schweigen.

Der Pfarrer verabschiedete sich von allen und entfernte sich unauffällig.

Nach einer langen Stille ergriff der Chefarzt endlich das Wort:

«Nun ja, liebe Kollegen, die Wissenschaft der ganzen Welt stand uns zu Diensten, aber uns fehlte ein ganz kleiner historischer Fakt. Und vor allem ein besseres Wissen um die hiesigen Bräuche und Sitten.

Dr. Martinon, Sie hatten recht, und ich bin der erste, der das auch zugibt. Ich glaube, es ist an der Zeit, das getrübte Ansehen der Jungschen Lehre etwas aufzupolieren.

Ich möchte Sie alle hier bitten, über diesen Fall und das, was Sie soeben erlebt haben, gründlich nachzudenken. Wir werden uns am kommenden Donnerstag zu einer Beratung zusammenfinden, auf der Sie bitte ihre Vorschläge unterbreiten. Wir müssen bestimmte Aspekte unserer Behandlungsmethoden durchdenken.»

Die Sondersitzung verlief in größter Harmonie. Die einstimmig gefassten Beschlüsse lassen sich wie folgt zusammenfassen:

- 1. Timi bleibt weiterhin Insasse der Krankenanstalt von Vaiami. Er gilt als ein außergewöhnlicher Fall, zumal die Grundwerte einer vom Aussterben bedrohten Gesellschaft in ihm noch lebendig sind. Dr. Julie Gomez wird eine Bestandsaufnahme dieser Werte vornehmen, damit sie künftig als Bezugsgrößen bei der Bestimmung einer Psychopathologie Polynesiens Verwendung finden können.

- 2. Obwohl Timi unter keinerlei seelischer Störung leidet und auch keine Charakteranomalie aufweist, steht fest, dass er im gegenwärtigen sozialen Umfeld von Tahiti kein normales Leben führen könnte, da dieses Umfeld sich derart geändert hat, dass ein Polynesier, der in der hergebrachten Tradition aufwuchs, zwangsläufig an den Rand der Gesellschaft gedrängt und zum Opfer eines sozialen Dramas werden würde.

Mit dem ihm eigenen Engagement bestand Dr. Martinon darauf, folgende von Erich Fromm inspirierten Betrachtungen in das Protokoll der historischen Sondersitzung aufzunehmen:

«Jede Zivilisation, die um der Effizienz willen den Menschen in ein Korsett zwängt, begeht ein Verbrechen gegen das biologische Wesen des Menschen. Aus Gleichförmigkeit wird sehr bald Einförmigkeit, und diese ist mit geistiger Gesundheit unvereinbar (**1**). Im Vergleich einer solchen abstumpfenden Einförmigkeit erscheint Timi als ein Musterbeispiel menschlicher Vielfalt und kultureller Frische.

Ungeachtet aller Fortschritte der modernen Gesellschaft auf materiellem, sozialem und geistigem Gebiet tendiert diese dazu, in jedem einzelnen Menschen die innere Sicherheit, das Glück, die Vernunft und seine Fähigkeit zu lieben zu untergraben. Der Mensch bezahlt diesen Fortschritt durch eine Häufung von Geisteskrankheiten und durch eine zunehmende innere Verzweiflung, die er durch eine Art Arbeitswut und durch Ersatzbefriedigungen zu betäuben versucht (**2**). Gegenwärtig werden die Normen einer globalen, mittelmäßigen und merkantilistischen Einförmigkeit durch die neuen Massenmedien auf der ganzen Welt verbreitet. Die geistig-kulturellen Werte, die durch Menschen wie Timi verkörpert werden, sind hingegen ein Beweis dafür, dass andere Kulturen einen spezifischen Beitrag bei der Schaffung einer fortschrittlicheren, vernünftigeren Gesellschaft zu leisten haben, die es dereinst dem modernen Menschen erlauben wird, seelisch gesund und in Einklang mit seinem Grundwesen zu leben.

Gefangen in der Zwickmühle einer unkontrolliert sich vermehrenden Weltbevölkerung und schwindender Ressourcen, muss der Mensch schrittweise von einer Gesellschaft des Habens zu einer Gesellschaft des Erkennens, der Weisheit und vor allem des Miteinanders übergehen. Erst dann wird er den ganzen Reichtum anderer Kulturen klar erkennen und aus ihnen Nutzen ziehen können. So erscheint es

---

1 und 2: Zitate aus A. Huxleys «Wiedersehen mit der schönen neuen Welt».

uns als eine Pflicht, Kulturen wie die der Inseln des Pazifiks für künftige Generationen zu bewahren, so wie dies heute schon für bestimmte vom Aussterben bedrohte Tierarten geschieht. Es wäre ein unverzeihliches Verbrechen an unserer Menschheit, wenn wir den großartigen Reichtum einer einmaligen Kultur aufs Spiel setzen würden, um die unbändige Habgier und den Dünkel von Technokraten und privilegierten Bürokraten zu befriedigen.».

Der Einsiedler von Tahiti

Den alten Mann finden wir weit draußen im Lande, in Tautira, am anderen Ende von Tahiti, der Insel am anderen Ende der Welt.

Er heißt Robert und stammt aus Solignac, einem Ort in der Nähe von Bordeaux. Heute ist er ein ehrwürdiger, zweiundachtzigjähriger Greis mit lebhaften Augen und regem Geist, ein außergewöhnlicher Mensch und - für uns - ein großes, ungelöstes Rätsel. Seit über sechsunddreißig Jahren lebt er mutterseelenallein im tropischen Dschungel der tahitianischen Halbinsel in der Einsamkeit eines entlegenen Tales, in das keine einzige Straße führt und welches von feuchtem Urwalddickicht umgeben ist, in dem es von Mükken nur so wimmelt. Seine einzigen Hausgenossen sind ein alter, fuchsroter Kater und eine weiße Ente.

Er empfängt uns, breit lächelnd wie ein Chinese, unter einem Brotbaum, der unter der Last seiner Früchte fast zusammenbricht. Dieser Besuch ist unsere zweite Expedition in das Reich des alten Mannes. Wir wollen das Geheimnis, das ihn umwittert, endlich lüften.

147

Ein Mensch, der sich sechsunddreißig Jahre lang aus freiem Willen und so unbeirrt von seinesgleichen absondert, ist sicher alles andere als ein Durchschnittsmensch. Und dass er in all den Jahren, die er hier in meditativer Einsamkeit verbrachte, tiefe philosophische Einsichten gewann, liegt wohl auf der Hand.

Aber es gibt noch etwas, das den alten Robert in einem ganz besonderen Licht erscheinen lässt: Für seine Selbstisolierung wählte er eine Insel, die für ihre Gastlichkeit und für die sprichwörtliche Zugänglichkeit ihrer Frauen geradezu weltberühmt ist.

Heute ist der alte Mann sprühender Laune, er hat Lust zu erzählen, mit uns zu reden. Und wir haben Lust, ihm zuzuhören.

Trotz seines hohen Alters und trotz tropischer Hitze hat der alte Robert noch einen sehr wachen Verstand. Er ist über den traurigen Zustand unserer Welt bestens orientiert. Seinen Informationshunger stillt er mit Hilfe eines Transistorempfängers, dem er manchmal stundenlang lauschen kann.

Wir lassen ihn erzählen. Zur Zeit gilt sein Hauptinteresse den Problemen der tahitianischen Lokalpolitik und den Neuigkeiten aus seinem kleinen Geburtsort im Bordelais, den er seit 1925 nie wieder besucht hat. Seit einiger Zeit pflegt er allerdings eine rege Korrespondenz mit dem Bürgermeister von Solignac. Zumindest dies ist ein Beweis dafür, dass jeder Mensch, der sein Lebensende nahen fühlt, sich zwangsläufig noch einmal auf seine Herkunft besinnt.

Er scheint über vieles besser informiert zu sein, als es die meisten Bewohner der großen Städte sind. Und darin gleicht er den anderen Europäern, die sich freiwillig in die Einsamkeit der Tropen zurückgezogen haben. Diese Menschen haben ihre ursprünglichen, gesellschaftlichen Bindungen aufgegeben, sie haben, oft um den Preis großer Opfer und aus unerklärlichen persönlichen Gründen, alle Brücken hinter sich abgebrochen.

Doch später, wenn sie sich an den Stränden ihrer einsamen Inseln oder in ihren abgeschiedenen Tälern für immer niedergelassen haben, verbringen sie einen nicht geringen Teil ihrer Zeit damit, sehr aufmerksam selbst die kleinsten Regungen jener Gesellschaft zu analysieren, der sie so schnöde den Rücken kehrten. Noch so eine Ungereimtheit menschlichen Fühlens und Denkens!

Der Alte war hartnäckig. Wir mussten ihn zwei Stunden lang einem strengen Verhör unterziehen und ihm geschickte Fallen stellen, bevor es uns gelang, den Schleier seines sorgsam gehüteten Geheimnisses ein wenig zu lüften.

Und was für ein Geheimnis! Die gespenstischen Schatten der Vergangenheit stiegen vor uns auf, die Schatten eines ländlichen Dramas in der Tiefe der französischen Provinz im Jahr 1918.

Wir sahen ein ärmliches Gehöft bei Solignac, ein Nebengebäude mit leeren Ställen, umgeben von den sanft geschwungenen Hügeln des Bordelais, des berühmten Weinanbaugebietes rund um Bordeaux. Im Wohnhaus spielt sich das Leben vor allem in der großen Küche ab, vor dem Kamin mit dem Kesselhaken, an dem die Schinken und die Zwiebelzöpfe für den Winter hängen. Den Sims aus behauenem Sandstein ziert eine lange Reihe roter Äpfel. In deren Mitte thront eine Granathülse Kaliber 75. Rechts daneben, an der gekalkten Wand, hängt eine Daguerreotypie. Sie zeigt einen schönen Mann von sportlicher Statur, der mit Stolz gewölbter Brust, einen Label-Karabiner in der Hand, als Frontsoldat auf einem Hügel gegenüber dem «Damenweg» bei Laon vor der Kamera posiert.

Die Mitte des Raumes nimmt ein riesiger Tisch aus massiver Eiche ein. An diesem Tisch sitzen sich ein Mann und eine Frau gegenüber. Die Frau schluchzt und macht dem Mann heftige Vorwürfe, er vergeude seine Zeit und das schwer verdiente Geld in einer verrufenen Schenke der Nachbarstadt. Voller Zorn erwidert der Mann, sie sei eine

149

dumme Frömmlerin und solle sich doch unter dem Rock ihres Pfarrers verkriechen.

Rechts vom Tisch, zwischen zwei Holzhaufen, steht ein spartanisches Bett, das vom Licht einer kleinen Fensterluke schwach erhellt wird. Auf dem Bett liegt zusammengekauert ein elfjähriger Junge. Er weint still vor sich hin. Er weint, weil er erlebt, wie seine geliebte Mutter, die einst im Dorf das schönste Mädchen war, nun einen Kampf führt, der weit mörderischer ist als alle Grabenschlachten an der Maas gegen einen Vater, den er bewundert und der vor ein paar Jahren noch der beste Pferdezüchter im ganzen Bordelais war. Der Streit zwischen den beiden Eheleuten spitzt sich zu. Zornentbrannt springt der Vater auf, greift nach seinen Krücken, verlässt humpelnd den Raum auf dem einen Bein, das ihm geblieben ist und schlägt hinter sich die schwere Tür zu.

So ging es viele Jahre weiter. Der ewige Streit zwischen den beiden Menschen, deren Ehe an den Folgen des «Grande Guerre» zerbrach, lastete wie ein schwerer Alptraum auf dem heranwachsenden, empfindsamen und intelligenten Jungen. Jeden Abend, wenn die Dämmerung kam, brach auch der häusliche Kleinkrieg wieder aus.

Der siebzehnjährige Robert erlebte dann, wie die Fahrer des Krankenwagens aus Bordeaux an einem eisigen Wintermorgen seine gemütskranke, in den letzten Zügen liegende Mutter abholten. Und in diesem Augenblick, während sein Vater neben ihm stumm und reglos vor sich hin starrte, schwor er sich, niemals zu heiraten und niemals Kinder zu zeugen. Kein anderes Kind sollte durch seine Schuld jemals eine solche Hölle, einen solchen Leidensweg erleben müssen.

Einen Monat später war er fort. Er hatte bei der Marine angeheuert. In das kleine Dorf Solignac kehrte er zeit seines Lebens nie wieder zurück.

Nach einem weiteren Krieg und nach dreißig Jahren See-
fahrt auf allen Meeren der Erde beschloss er, sich auf einer
Südseeinsel zur Ruhe zu setzen. Da er mit seinen 48 Jahren
noch recht gut aussah und mit seiner netten kleinen Rente
eine gute Partie darstellte, wurde er von den tahitianischen
Müttern sofort eifrig umworben.

«He! He! Robert, du bist doch ein Mann in den besten Jahren! Und noch immer unbeweibt! Hör mal, das ist doch
nicht normal! Und nicht gesund. Wähle dir unter meinen
Töchtern eine aus. Sie sind alle sauber, fleißig und gesund.
Welche hättest du gerne?»

Doch jedes Mal, wenn Robert diese blühenden, knuspri-
gen Schönheiten betrachtete, die er auf ein Wort hin haben
konnte, stiegen vor ihm die alptraumhaften Gespenster von
Solignac auf, und er sagte nein.

Da sie ihn für schüchtern hielten, versuchten die Tahitianerinnen, ihn auf andere Weise in den Hafen der Ehe zu lok-
ken: Junge Mädchen kamen abends zu seinem Haus und
brachten ihm Gerichte, die sie selbst zubereitet hatten. Eine
Vahine zog sogar bei ihm ein, kochte für ihn, machte ihm
den Haushalt, schmückte sein Heim mit Blumen ... Robert
nahm die Beköstigung und die anderen Freundlichkeiten
dankend an, weigerte sich aber standhaft, von bestimmten
Leckerbissen zu probieren.

Den Tahitianern war absolut unverständlich, dass ein
Mann mit solch verbissener Hartnäckigkeit enthaltsam bleiben konnte. Des Werbens müde, beschlossen sie, dass Robert ein Eunuch oder etwas Ähnliches sein musste.
Schließlich akzeptierten sie ihn, so wie er war, und ließen
ihn in Frieden sein Eremitendasein führen.

Wäre die Wunde, die das Drama in seiner Jugend in ihm
geschlagen hatte, weniger tief und weniger schmerzhaft gewesen, der alte Robert wäre zu einem jener tahitianischen
Patriarchen geworden, die ihren Lebensabend im Kreise
ihrer fürsorglichen Kinder und lachenden Enkelkinder verbringen.

Jeder Mensch, der lange genug lebt, erwirbt notgedrungen ein gewisses Maß an Weisheit, die er, so bescheiden die damit verbundene Botschaft auch sein mag, an die nach ihm Kommenden weitergeben möchte.

Die Botschaft des greisen Robert ist vor allem ein Spiegelbild der tiefen Narben, die eine zerrüttete und schließlich zerstörte Familie im Herzen eines empfindsamen Kindes zurückgelassen hatte.

Heute lacht der alte Robert und spottet über die kleinen menschlichen Dramen, die er auf der tahitianischen Halbinsel beobachten kann. Er bezeichnet sich selbst als einen glücklichen und vom Leben verwöhnten Menschen, und er liebt es sehr, vor unserer Kamera zu posieren. Doch manchmal wird er schon etwas leiden unter der selbst gewählten Einsamkeit.

Wir werden in ihm stets eines jener unvermuteten Spätopfer des Krieges von 1914 bis 1918 sehen, jenes sinnlosen und verhängnisvollen Konflikts zwischen zwei großen zivilisierten Nationen, von denen jede sich damals der anderen überlegen wähnte.

Und was ist geblieben von diesem kollektiven Gemetzel, das in jener Zeit eine ganze Generation in seinen Bann gezogen hatte? Die Verantwortlichen erlebten ein paar Momente des Ruhmes, die aber längst vergessen sind. Und das Volk bekam selbst in den entlegensten Dörfern schöne Heldendenkmäler.

Und noch heute trifft man hier und da auf Spuren und auf die Folgen dieses Wahnsinnsanfalls der Geschichte - sogar im Herzen des Paradieses!

Der Schlüssel

D er Vater sprach:

«Hör zu, mein Sohn. Du bist jetzt zwanzig Jahre alt und damit ein erwachsener Mann. Für dich ist die Zeit gekommen, unser kleines Tal zu verlassen und dein eigenes Leben zu beginnen. Ich habe versucht, dir mein ganzes Wissen und meine Erfahrung weiterzugeben. Du warst ein guter Schüler, und dafür danke ich dir.

Du weißt, wie man ein schönes und festes Haus baut, also wirst du dir ein Zuhause schaffen können.

Du weißt, wie man die Früchte der Erde pflanzt, hegt und erntet, also wirst du dich ernähren können.

Du kennst die Mittel und die Pflanzen, mit denen man die bösen Launen des Körpers heilt, also wirst du dich gesund pflegen können.

Du hast die Bibel studiert und die Gebote und die Ratschläge der Apostel verstanden. Damit bist du ein ehrlicher und stolzer Mensch.

Und du bist mutig und fleißig. Also hast du alles, was ein Mensch braucht, um erfolgreich zu sein. Ich kann dich nichts weiter lehren. Du hältst in deinen Händen den Schlüssel, der dir die Tore zur Welt öffnet. Geh, mein Sohn, geh und erobere sie!»

Der Sohn umarmte seine Mutter und seine Schwestern und machte sich auf den Weg. Der Vater und die weinenden Frauen sahen ihm nach, bis er hinter dem Hügel verschwunden war.

———————————

Einige Monate später kehrte der Sohn zurück. Er war abgemagert und traurig.

«Was ist geschehen, mein Sohn? Bist du gescheitert?»

«Ja, Vater. Die Welt ist sehr sonderbar. Ich bin in ihr nicht zurechtgekommen.»

«Sag mir, was ich falsch gemacht habe, mein Sohn?»

«Du hast mir keine Papiere gegeben, Vater.»

«Papiere? Was für Papiere?»

«Wenn ich dort ein Haus bauen will, brauche ich ein Papier für das Grundstück und ein anderes für das Haus. Wenn ich für jemanden arbeiten will, brauche ich ein Papier, auf dem steht, dass ich arbeiten darf. Man braucht auch ein Papier, um den Boden zu bebauen und ein Papier, um das zu verkaufen, was man angepflanzt hat. Man braucht ein Papier, auf dem steht, wer man ist. Sie haben eine Menge Namen für diese Papiere: Urkunde, Erlaubnis, Patent, Diplom, Zeugnis und so weiter. Ich besitze keines dieser Papiere, also darf ich auch kein Haus bauen, nicht arbeiten, nichts anpflanzen, nichts ernten. Nichts.»

«Oh, du mein armer Sohn! Verzeih mir bitte! Ich habe dir den falschen Schlüssel gegeben ...»

«Aber nein, Vater. Du bist nicht schuld. Du hast mir schon den richtigen Schlüssel gegeben, den besten, den ein Vater seinem Sohn geben kann. Aber in den letzten Jahren haben die Menschen da draußen die alte Kultur durch eine neue ersetzt.

Sie haben das Schloss ausgewechselt.»

Über den Autor

Alex W. du Prel wurde 1944 geboren, ist Amerikaner und lebt auf Tahiti. Nach einem Studium in Frankreich, Deutschland, Spanien und den USA arbeitete er als Bauingenieur an Großprojekten in der Karibik und in Südamerika. Damals baute er eine Zwölf-Meter-Yacht, die für über zehn Jahre sein Zuhause wurde. Um ungehindert reisen zu können, übte Alex W. du Prel zahlreiche verschiedene Berufe aus: Landvermesser, Schweißer, Filmschauspieler, Mechaniker, Koch, Chefingenieur, Bauleiter, Hoteldirektor, Dolmetscher, Regierungsberater, Inselverwalter und Journalist.

1973 durchquerte er als Einhandsegler den Pazifik und besuchte dann über ein Jahr lang die abgelegenen, mitunter unbewohnten Inseln und Atolle des Mittel- und Südpazifiks. Der innige Kontakt mit dem Leben und der Mentalität der polynesischen Inselbewohner haben ihn zu einem Anhänger und eifrigen Verteidiger dieser zerbrechlichen Kulturen gemacht.

Auf der Insel Bora-Bora baute er 1978 den Bora-Bora Yacht Club auf, ein kleines Hotel, das bald zu einem weltberühmten Treffpunkt aller Langstreckensegler der damaligen Zeit wurde. 1981 verkaufte er den Yacht Club und ließ sich als Farmer, Wirtschaftsberater und freier Journalist auf Moorea, der Schwesterinsel von Tahiti nieder. Seit 1991 Gründer und Herausgeber des monatlichen Magazins *Tahiti Pacifique*. Alex W. du Prel ist mit einer Polynesierin verheiratet und hat eine Tochter.

Hat Ihnen das Buch gefallen ?
Dann lesen sie auch

Alex W. du Prel

Tahiti Blues

Moderne Geschichten aus der Südsee

Möchten Sie wissen, was wirklich auf Marlon Brandos Traumatoll geschah? Dann lesen Sie einfach *Tahiti Blues*. Möchten Sie miterleben, wie ein einfacher Perlentaucher auf dem Penrhyn-Atoll einem koreanischen Kapitän den ganzen Schiffsproviant für eine "ausgezeichnete Perle" abnahm? Oder weshalb Romain seine Füße gründlich verbrannte, weil er einfach nicht an den *Tupapau* (Geist der Ahnen) glauben wollte? Warum Teiki aus dem Tuamotu-Archipel immer lachen muss, wenn er Mark sieht?

Dies und weitere herrliche Geschichten finden Sie in diesem authentischen Buch, das uns die Welt der Südsee eröffnet, wie sie wirklich ist. Ein ganz und gar ursprüngliches, ein Großes Buch!

Die Bücher von Alex W. du Prel gibt es in deutsch,
französisch, englisch, italienisch un japanisch.
Sie können diese Taschenbücher,
sowie die Deutschen Ausgaben auf
www.amazon.com bestellen.

Elektronische Ausgaben
sind auf *www.amazon.com*
auch zu bekommen.